O livro da sabedoria

© 2015 Martins Editora Livraria Ltda., São Paulo, para a presente edição.
© 1999, Le Cherche Midi Éditeur.
Esta obra foi originalmente publicada em francês sob o título
Le grand livre de la sagesse por Le Cherche Midi Éditeur.

Publisher *Evandro Mendonça Martins Fontes*
Coordenação editorial *Vanessa Faleck*
Acompanhamento editorial *Luzia Aparecida dos Santos*
Capa *Casa de Ideias*
Revisão *Maria Regina Ribeiro Machado*
Maria Luiza Favret
Dinarte Zorzanelli da Silva
Renata Sangeon

**Dados Internacionais de Catalogação na Publicação (CIP)
(Câmara Brasileira do Livro, SP, Brasil)**

O Livro da sabedoria / seleção e apresentação
Yveline Brière; tradução Ivone C. Benedetti. –
2. ed. – São Paulo: Martins Fontes-selo Martins, 2015.

Título original: Le grand livre de la sagesse
ISBN 978-85-8063-226-2

1. Sabedoria - Aforismos e apotegmas
2. Sabedoria - Citações, máximas etc. I. Brière,
Yveline.

15-04346 CDD-808.882

Índices para catálogo sistemático:
1. Sabedoria: Aforismos: Coletâneas:
Literatura 808.882
2. Sabedoria: Citações: Coletâneas:
Literatura 808.882

Todos os direitos desta edição reservados à
Martins Editora Livraria Ltda.
Av. Dr. Arnaldo, 2076
01255-000 São Paulo SP Brasil
Tel.: (11) 3116 0000
info@emartinsfontes.com.br
www.emartinsfontes.com.br

O livro da sabedoria

Seleção e apresentação
Yveline Brière

Tradução
Ivone C. Benedetti

martins fontes
selo martins

*Tantas sementes em nós
esquecidas, insuspeitadas*

Índice

Prefácio 9

Primeiro capítulo *Livro da sabedoria* 13
A sabedoria percorre os caminhos do Coração
    Sabedoria e busca de si mesmo 15
    Sabedoria e cidadania 39
    Sabedoria e espiritualidade 59

Segundo capítulo *Livro da filosofia* 67
A filosofia percorre os caminhos da Inteligência e da Razão
    Filosofia e arte de viver 69
    Filosofia e devir do homem 99

Terceiro capítulo *Livro da paz interior* 113
A paz interior percorre os caminhos da alma
    Paz interior – Paz exterior 115
    Paz em cada um 119
    Paz na alma 127
        Na vida cotidiana 128
        Pela solidão 130
        Pela elevação espiritual 133
        Pela pureza 134
        Pela meditação 136
        Pela música 138
        Pelo Zen 141
        Pelo êxtase amoroso 144
        Pelo silêncio 147
        Pela poesia 148
    Plenitude e serenidade 151

Notas biográficas 161

Prefácio

Os sábios filósofos de todos os tempos e de todos os horizontes tentaram dar respostas às indagações que o homem se faz há milênios sobre seu equilíbrio e sua capacidade de viver em harmonia consigo e com os outros.

Como estar melhor? Como viver melhor a relação com a família, a vizinhança, os colegas de trabalho? Essas perguntas são eternas. O homem já as fazia no tempo dos patriarcas, no Oriente, no Ocidente, bem antes do início de nossa era.

Então, ele começou a refletir e depois se tornou sábio, filósofo e tentou encontrar a paz interior.

Dependendo da época e dos horizontes, a sabedoria era percebida de modos diferentes.

Na Antiguidade, na Grécia antiga, essa sabedoria era questão de inteligência, de vontade. Era uma questão humana que devia ser resolvida entre seres humanos.

Queria-se entender, queria-se saber, queria-se adquirir a ciência humana e divina. As emoções e as paixões eram loucura, e o coração não tinha direitos.

> *Toda a diferença entre um louco e um sábio*
> *é que o primeiro obedece às suas paixões,*
> *e o segundo, à razão.*
> *Todas as paixões, como se fossem doenças.*
>   *Erasmo de Rotterdam*

*É inútil Sêneca – estoico extremado – dizer que o sábio deve ser
absolutamente desapaixonado,
um sábio dessa espécie já não seria homem,
seria uma espécie de deus, ou melhor, um ser imaginário
que nunca existiu e não existirá jamais;
ou, para ser mais claro,
seria um ídolo estúpido desprovido de sentimentos,
e tão insensível quanto o mármore duro.*
Erasmo de Rotterdam

Nessa Grécia antiga, em especial no século VI a.C., os políticos eram vistos como Sábios (os Sete Sábios da Grécia). Mesmo que ao longo dos séculos se encontrem de vez em quando alguns exemplos de Sábios-Políticos (Gandhi), em nossos dias sabedoria e poder parecem apresentar verdadeiros signos de incompatibilidade.

Mais tarde, do século IV ao V d.C., santo Agostinho, iniciado na sabedoria dos antigos, encontrará uma resposta na fé cristã, na qual se insere sua experiência intelectual e espiritual. Uma fé num deus sensível ao coração, deus ao qual se pode falar, ao qual se pode rogar.

Para os Sábios do Oriente, em oposição ao mundo antigo, era preciso despir-se da vontade e dar ouvidos às emoções. A sabedoria oriental consiste, acima de tudo, em ser e em não fugir à realidade. É aprender a gerir as tensões interiores e encontrar o equilíbrio entre forças interiores discordantes.

A Índia, com Buda, e a China, com Lao-tsé, Tchuang-tsé e outros, transmitiram-nos uma sabedoria rica, milenar.

Buda legou-nos a imagem de um homem pacífico, sentado sob uma árvore, um "meditante-passivo"; Tchuang-tsé e Lao-tsé legaram-nos a imagem do "meditante-ativo", que vive como homem comum, atendendo às suas necessidades, mas que é chamado Desperto porque é um ser realizado.

O Ocidente de hoje busca a verdade na herança dos antigos de todas as correntes, mas, nas últimas décadas, nasceu uma sensibilidade especial à sabedoria do Oriente e à sua espiritualidade. Sua preocupação é desenvolver a riqueza interior e a verdade, mas continuando em ação.

Não esperemos a perfeição, que é utopia; contentemo-nos em encontrar nossas raízes, nossa verdadeira natureza, para sermos nós mesmos.

> *A questão não é atingir a perfeição, mas a totalidade.*
> Carl Gustav Jung

Esta obra não é uma simples sucessão de textos extraídos de obras fundamentais. Os autores de referência constituem aqui o mais extraordinário reservatório de experiências. São profetas, filósofos, eruditos, escritores, poetas, sábios, religiosos, ateus ou agnósticos, estadistas ou pesquisadores, cientistas ou artistas.

Chamam-se Confúcio, Platão, Heráclito, Jesus, Maomé, Buda... São doutos, como Leonardo da Vinci, Victor Hugo... pensadores como Descartes, Jung e Nietzsche.. grandes espíritos como Voltaire, Rousseau, Montaigne... ou místicos como Gandhi, Madre Teresa, Dalai-Lama... ou ainda literatos como Pascal, Diderot, La Bruyère etc.

Cada uma de suas palavras deveria ressoar em nosso coração, em nosso espírito e em nossa alma, despertando-nos para nosso espaço interior.

Todos esses grandes "sabedores" de origens cultuais e culturais tão diversas souberam, em seu tempo, interrogar, buscar, sentir e ressentir, captar, mas também duvidar e sofrer, compreender, fazer-se ouvir, transmitir, conduzir, guiar, despertar.

Por meio da expressão de sua experiência, são nossa maior garantia de sabedoria.

Todos contribuem para nos guiar rumo à serenidade.

Com esse passeio pelos caminhos da quietude e da harmonia, os textos, as imagens, o sentido profundo dessas narrativas alegóricas devem levar o leitor à paz, ao equilíbrio.

As parábolas são tesouros imensos cuja compreensão leva às verdades por elas encerradas.

Compreender é compreender com todo o ser.

Essa pérola que buscas é a significação íntima
de cada palavra.
Ela existe, é única, mas não a vês.
Não sabes onde está.
A luz que em ti crescerá graças à tua inteligência,
à tua fé, ao teu trabalho
te iluminará,
e a descobrirás.

Moisés Maimônides
Y.B.

Primeiro capítulo
Livro da sabedoria

Sabedoria é estar atento às mensagens do coração, é ouvir, ouvir-se, ouvir o outro.

Mas como chegar a ouvir essas mensagens nessa barulheira constante, nesse ritmo cotidiano que nos dá tão poucas oportunidades de nos encontrarmos, de determinar com exatidão o que sentimos, o que desejamos realmente, o que é essencial para nós?

Por falta de tempo, por falta de olhar, por falta de ouvir, perdemos nossa verdadeira riqueza.

Ficamos um pouco mais pobres a cada dia, e nossa verdade se torna aridez.

Nada mais pode germinar, nem para nós nem para outrem, e nada mais damos, pois nada mais temos para dar.

Por isso, precisamos enriquecer nosso solo com a experiência dos sábios que nos conduzem pelos caminhos do coração:

> ... Vamos ouvir então
> O pássaro no bosque
> O rumor do verão
> O sangue que em nós corre...
>
> **Jacques Brel**

Sabedoria é abertura, rigor, coragem, resistência, humildade. É aprender e compreender.

Não recebemos a sabedoria.
Precisamos descobri-la,
depois de um trajeto
que ninguém pode fazer por nós,
de que ninguém nos pode poupar.

Marcel Proust

Com os maiores mestres por guias, vamos aprender a iluminar nosso espaço interior, a abrir caminho rumo a essas regiões da sabedoria.

Seguindo seus conselhos, suas pegadas, pautando nossos passos pelos deles, progressivamente nos despojaremos do supérfluo, para ficarmos só com o essencial, a dimensão de sermos nós mesmos, sem nenhum véu, sem nenhum disfarce, tendo por riqueza a paz do coração.

Que a leitura e a ressonância dos textos que se seguem possam servir ao leitor como instrumento de serenidade e sabedoria.

Sabedoria oculta e tesouro invisível:
para que servem os dois?
Mais vale o homem que esconde sua loucura
do que o homem que esconde sua sabedoria.

Eclesiástico

Sabedoria e busca de si mesmo

Sair em buca de si mesmo é ter coragem de ousar e de empreender grande e longa viagem para terras inexploradas do mundo interior. É saber interrogar-se e estar pronto a questionar-se.

Conhecer os outros é sabedoria. Conhecer-se é sabedoria superior. Impor a vontade aos outros é força. Impor a vontade a si mesmo é força superior.

Lao-tsé

Queres saber qual é a mais longa extensão de uma vida? É viver até atingir a sabedoria.

Quem a atinge não toca o limite mais distante, porém o limite supremo.

Que tal homem se glorifique sem temor, que dê graças aos deuses e, misturado a eles, atribua a si mesmo e à natureza o mérito por aquilo que foi. E com razão, pois ele devolveu à natureza uma vida melhor do que a vida que recebeu.

Ele nos mostra o retrato ideal do homem de bem.

Mostra-nos o caráter e a grandeza desse homem. E somasse mais duas à sua vida, repetiria o passado.

Sêneca

A sabedoria é a primeiríssima fonte de felicidade.

Sófocles

Saber muitas coisas não ensina a ser sábio.

Heráclito

Na roda, trinta raios se unem num só cubo
Mas é o vazio do carro que se usa

Da bolota de argila faz-se um vaso
Mas é o vazio do vaso que se usa

Põem-se portas e janelas numa casa
Mas é o vazio da casa que se usa

É o haver que faz a utilidade
Mas é o não haver que faz o uso.

Tao Te King

Ainda que possamos ser sabidos como o saber alheio, sábios só podemos ser com nossa própria sabedoria.

Michel Eyquem de Montaigne

Um dia via um hipopótomo passando por cima de um buraco de toupeira; esmagava tudo; era inocente. Nem imaginava que existiam toupeiras, aquele mastodonte bonachão.

Meu caro, as toupeiras esmagadas são o gênero humano. O esmagamento é lei. E você acha que a toupeira não esmaga nada? Ela é o mastodonte do ouçon, que é o mastodonte do vólvox.

Meu rapaz, os coches existem. O lorde está lá dentro, o povo está debaixo da roda, o sábio abre alas. Aparte-se e dê passagem.

Victor Hugo

O homem de bem é direito e justo, mas não rígido e inflexível; ele sabe dobrar-se, mas não curvar-se.

Confúcio

O sábio teme o mal e dele se fasta;
o tolo é insolente e seguro de si.

Bíblia – *Provérbios*

... A areia do mar, as gotas da chuva,
os dias da eternidade: quem pode enumerá-los?
A altura do céu, a extensão da terra,
a profundeza do abismo: quem pode explorá-los?
Mas antes de todas as coisas foi criada a Sabedoria...
Eclesiástico

Quem vive sem loucura não é tão sábio quanto pensa.
François de La Rochefoucauld

Eu era infeliz porque não tinha sapatos, então encontrei um homem que não tinha pés e fiquei contente com minha sorte.
Mêncio

Anda de sandália até que a sabedoria te dê sapatos.
Avicena

Ser rico é não ter nada para perder.
Provérbio chinês

Estreita é a porta e estreito é o caminho que leva à Vida, e poucos são os que o encontram.
São Mateus

Muitos são os obstinados no que se refere ao caminho que tomaram; poucos, no que se refere ao objetivo.
Friedrich Nietzsche

As promessas dos homens são parecidas com as ondas do mar: morrem assim que nascem.
Gilbert Sinoué

Por muitos caminhos e muitos modos descobri minha sabedoria: não foi com uma só escada que subi à altura de onde pude mergulhar meu olhar em minhas lonjuras.

E era sempre a contragosto que perguntava meu caminho. Isso sempre me contrariava, eu preferia interrogar e tentar os caminhos sozinho.

Uma tentativa e uma interrogação, foi esse o meu caminhar, e na verdade também é preciso aprender a responder a tal interrogação!

Esse é meu gosto: nem bom, nem mau, mas meu gosto, de que não me envergonho, que já não escondo.

"Ora, este é *meu caminho*, onde é o seu?"

Era o que eu respondia a quem me perguntasse o *caminho*.

O caminho, na verdade, não existe.

Assim falava Zaratustra.

Friedrich Nietzsche

Fiz a escalada até o cume, mas não encontrei abrigo nas alturas descoradas e nuas da fama.

Conduze-me, meu Guia, antes que a luz decline, para o vale da quietude onde a messe da vida amadurece em sabedoria dourada.

Rabindranath Tagore

Purifica-te dos atributos do eu, para poderes contemplar tua própria essência pura, e contempla em teu próprio coração todas as ciências dos profetas, sem livros, sem professores, sem mestres.

Sufi Rumi

Conheço o caminho: é estreito como fio de espada.

Alegro-me quando consigo trilhá-lo. Choro se me desvio.

Pois Deus diz: "Só aquele que tentar seguir o caminho jamais perecerá"...

Gandhi

Um monge queria impacientemente aprender o zen:

"Acabo de ser iniciado. Terás a bondade de me mostrar o caminho do zen?"

O mestre respondeu:

"Estás ouvindo o murmúrio do riacho na montanha?"

"Sim, estou", disse o monge.

"É a entrada", disse o mestre.

Provérbio zen

Despertai, primeiro sozinhos, depois procurai um mestre.
Provérbio zen

A realização está na prática.
Buda

Quem sabe não fala. Quem fala não sabe. O sábio ensina com atos, não com palavras.
Tchuang-tsé

Ninguém ensina o que sabe,
Ninguém ensina o que quer,
Só se ensina o que se é.
Jean Jaurès

A realidade não pode ser aprendida por meio de palavras, de ensinamentos, de debates ou de especulações intelectuais. Para atingi-la, é preciso transcender perguntas e respostas. É assim que se tem a experiência direta da realidade.
Manjushiri

Esforçar-se por encontrar uma interpretação clara é atrasar a consecução do objetivo.
Ekai Mumon

A rede serve para pescar o peixe; depois que o peixe foi pescado, esqueça a rede.
A armadilha serve para capturar a lebre; depois que a lebre foi capturada, esqueça a armadilha.
As palavras servem para expressar as ideias; depois que a ideia foi captada, esqueça as palavras.
Onde achar um homem que tenha esquecido as palavras? É com ele que eu gostaria de conversar.
Tchuang-tsé

A sabedoria humana ensinará muito, se aprender a calar-se.
Jacques Bénigne Bossuet

A palavra que não disseste é tua escrava.
A palavra que disseste é tua senhora.

Provérbio oriental

Com uma palavra, um homem é considerado sábio; com uma palavra, um homem é julgado tolo.

Confúcio

No fundo, só sabemos quando sabemos pouco; com o saber cresce a dúvida.

Johann Wolfgang von Goethe

Quem se esmera no tiro erra o alvo.

Ditado zen

Sabedoria suprema é ter sonhos tão grandes que não sejam perdidos de vista enquanto tentamos alcançá-los.

William Faulkner

Precisamos manter nossos sonhos na memória com o rigor do marinheiro que mantém o olhar fixo nas estrelas. Depois, dedicar cada hora de nossa vida a fazer de tudo para atingi-los, pois nada é pior do que a resignação.

Provérbio chinês

O caminho da Sabedoria ou da Liberdade é um caminho que leva ao centro de nosso próprio ser.

Mircea Eliade

... O Centro não é um ponto,
Senão, seria fácil acertá-lo.
Não é sequer a redução de um ponto a seu infinito...

Roberto Juarroz

Para encontrar a pedra preciosa, é preciso acalmar as ondas, pois é difícil encontrá-la agitando a água. Quando as águas da meditação são calmas e límpidas, a pedra preciosa do espírito é naturalmente visível.

Se uma joia caísse numa nascente, a maioria das pessoas se atiraria à água e a agitaria tanto que ela se tornaria turva demais, e nada mais seria encontrado além de seixos.

Mas o sábio, não: ele espera que a água se acalme, para que a joia brilhe por si mesma.

Roshi Yamada

Quem se entrega a meditações claras logo encontra alegria em tudo o que é bom.

Vê que as riquezas e a beleza não são permanentes e que a sabedoria é a mais preciosa das joias.

Buda

Todo esforço que se faz serve à prática, pois ele cria vagas em nosso espírito. Por outro lado, é impossível atingir a calma absoluta do espírito. Portanto, é preciso fazer um esforço, mas é preciso esquecer-se nesse esforço.

Roshi Suzuki

Nunca ouvi dizer que alguém tenha alcançado resultados sem estudar ou alcançado a realização sem praticar.

Zenji Dogen

A educação é uma coisa admirável, mas às vezes seria bom lembrar que nada do que vale a pena conhecer pode ser ensinado.

Oscar Wilde

Na luz há escuridão, não tentes atravessá-la. Na escuridão há luz, mas não a procures. Luz e escuridão formam um par inseparável, como os dois pés, um na frente, outro atrás, a andarem juntos. Cada coisa possui seu próprio valor, mas está ligada a todas a outras na sua função e na sua posição. A vida comum corresponde ao absoluto, cabem um no outro como a tampa e sua caixa. O absoluto funciona com o relativo. Não julgueis, portanto, em função de nenhum critério. Se não percebeis o Caminho, não vereis nem caminhando por cima dele.

Sekito Kisen

Se não encontras a verdade onde estás, onde esperas encontrá-la?

Zenji Dogen

Muita gente teria chegado à sabedoria se não achasse que já estava lá, se não tivesse ocultado alguns defeitos seus e esquecido propositalmente outros.

As lisonjas alheias nos são mais prejudiciais do que as que nós mesmos fazemos. Quem ousa confessar-se a verdade? Quem, no meio de um bando de bajuladores e aduladores, não redobra os elogios em seu favor?

Sêneca

Dar origem aos acontecimentos, mas sem se orgulhar disso, sem dar excessiva importância pessoal aos resultados.

Agir sem interferir.

Não insistir demais num sucesso, nem apropriar-se dele.

Não se agarrar às coisas realizadas; assim elas nunca serão perdidas.

Lao-tsé

Assim como a rocha não é abalada pela tempestade, o sábio não é agitado pela censura ou pelo louvor.

Dhammapada

Nada saberás da sabedoria enquanto não tiveres passado pela prova das trevas, que te excluem de tudo e de todos, sem apelação e sem ruído.

Hermann Hesse

O espírito instável e dispersivo, ignorante da verdadeira doutrina, amante da lisonja, nunca estará maduro para a sabedoria.

Buda

Empenhando-nos inteiramente na vida laica e nos sacrifícios que ela implica, em outras palavras, vivendo plena e autenticamente o papel de pais e cônjuges, podemos estar inteiramente voltados ao Despertar... Mas tal empenho exige um trabalho contínuo como quando alguém se consagra à vida monástica. É mais ou menos como governar um navio no oceano: não podemos fixar o leme e não nos preocupar com mais nada. É preciso o tempo todo acertar a rota e ajustar o rumo.

Albert Low

Se a felicidade estivesse nos prazeres do corpo, diríamos que os bois são "felizes" quando encontram boa forragem para alimentar-se.

Heráclito

O objetivo da vida é o desenvolvimento pessoal. Estamos aqui para chegar à perfeita realização da nossa própria natureza.

Oscar Wilde

Todos os seres vivos são Buda e têm em si Sabedoria e virtudes.

Buda

... Em cada um de nós vive alguma coisa – uma promessa, um conhecimento essencial, uma missão – que supera o horizonte do homem comum: é o mestre interior.

Karlfried Graf Dürckheim

Ir em busca de Buda é ir em busca de si mesmo. É procurar conhecer-se e conseguir esquecer-se. Esquecer-se é ser inundado pela luz que há no universo. E ser inundado pela luz do universo é abandonar corpo e espírito.

Zenji Dogen

O Si não é o corpo nem o mental individual, mas aquilo que, no fundo de cada um, conhece a verdade.

Swami Vishnu Devananda

No zen há um modo de aproximar-se da verdade interior pela prática de um exercício físico...

Karlfried Graf Dürckheim

O zen não é uma forma de excitação, mas a concentração em nossa rotina cotidiana.

Shunryu Suzuki

– Expliquei o zen durante toda a minha vida e, no entanto, nunca pude entendê-lo.
– Como pode explicar alguma coisa que não entende?
– Preciso explicar isso?

Bashô

A vocação do zen é tornar-nos puros e levar-nos a um estado de harmonia, a um retorno ao equilíbrio que muitas vezes é o estado natural da criança. Por meio de nosso trabalho em nós mesmos, o zen nos leva de volta ao mundo comum, para nos tornarmos simplesmente gente comum.

Gudo Roshi Nishijima

Caminhar também é zen...
Estejamos móveis ou imóveis,
O corpo sempre fica em paz.
Ainda que diante de uma espada,
O espírito permanece tranquilo.

Taisen Deshimaru

O budismo zen [é] uma espécie de reconhecimento imediato do real, de reconhecimento que não interrompe nenhum esquema conceitual, ético...

Roberto Juarroz

Ser Buda é ser, simplesmente.
E quando nada fazemos, fazemos algo, pois somos.
Nosso ser exprime, nosso sopro exprime, nosso corpo, nosso olhar, nossa voz exprimem alguma coisa.
Nossa natureza dever exprimir-se do modo mais autêntico, mais adequado, mais simples, até nas coisas mais íntimas.

Roshi Suzuki

Só podes ser tu mesmo.
Sê fiel a ti mesmo, intelectualmente, emocionalmente e em ação.
Não te dividas entre o que és aqui e agora e o que deverias ser.
Swami Prajnanpad

Quando andas, contenta-te com andar. Quando estás sentado, contenta-te com estar sentado.
Ummon

Conhecer uma coisa e viver outra é um erro, contrassenso. Daí nasce uma tensão. Ela é devida ao conflito entre pensamento e sentimento.
Conhecer é ser.
Swami Prajnanpad

Sempre procuramos lançar uma ponte entre o que é e o que deveria ser; e com isso damos origem a um estado de contradição e conflito, no qual se perdem todas as energias.
Jiddu Krishnamurti

Se um homem quiser estar seguro de seu caminho, que feche os olhos e caminhe na escuridão.
São João da Cruz

Precisamos desconfiar de tudo, até de nossas desconfianças.
Cristina da Suécia

Nosso caminho se parece com o que ocorre quando ficamos no escuro. Quem está na claridade não enxerga nada no escuro, mas quem está no escuro enxerga tudo na claridade.
Wenshi

É tão difícil enxergar-se quanto olhar para trás sem se voltar.
Henry David Thoreau

O caminho do meio não é seguido, bem o sei. Os homens inteligentes vão além, os ignorantes ficam aquém. Os sábios querem

fazer demais, e o homem pequeno quer fazer de menos. É assim que todos bebem e comem, mas poucos sabem julgar os sabores.
Confúcio

Quem não progride a cada dia regride a cada dia.
Confúcio

Procura a verdade na meditação, e não nos livros mofados. Quem quer ver olha o céu, não a lagoa.
Provérbio persa

Dobrar-se para manter-se íntegro,
Vergar para poder endireitar-se.
Aprofundar-se para ser preenchido,
Fenecer para reverdecer.
Nada ter, mas estar repleto;
Apesar de provido, inquieto.
Assim age o sábio
Que esposa a unidade
Para ser luz do mundo;
Que não se mostra e põe em evidência,
Que nada diz de si, mas brilha pelo valor.
Que nunca se gaba, mas sabe perpetuar.
Ele não luta com ninguém
E ninguém luta com ele.
Lao-tsé

O camponês abre canais nos campos, o armeiro modela a flecha, o carpinteiro curva a madeira, mas o sábio se aperfeiçoa.
Buda

Aquele de vós que se crê sábio deve abraçar a loucura para encontrar a sabedoria.
São Paulo

O insensato que reconhece sua loucura na verdade é sábio. Mas o insensato que se acredita sábio é realmente louco.
Buda

O mais sábio é aquele que não acha que é.

Nicolas Boileau

A verdadeira sabedoria é não parecer sábio.

Ésquilo

Quem fosse sábio não teria um bobo; logo, quem tem um bobo não é sábio; se não é sábio, é bobo, e, mesmo sendo o rei, talvez seja o bobo de seu bobo.

Denis Diderot

Fuja do homem que não consegue falar sem discutir.

Padres do deserto

Há mais loucos do que sábios, e no próprio sábio há mais loucura do que sabedoria.

Nicolas de Chamfort

O espírito do sábio é o espelho do céu e da Terra, no qual todas as coisas refletem.

Tchuang-tsé

Há mais de uma sabedoria, e todas são necessárias ao mundo; não é ruim que elas se alternem.

Marguerite Yourcenar

Se um dia eu adquirir Sabedoria, imagino que serei sábio o suficiente para tirar proveito dela.

William Somerset Maugham

O sábio não calcula se logrará ou malogrará as probabilidades favoráveis e contrárias. Ele fixa o objetivo, depois se encaminha para ele.

Lie-tsé

Melhor cumprir, mesmo mediocremente, o próprio dever do que o dever alheio, ainda que com perfeição.

Bhagavad-Gita

O que conta no esforço é mais do que o resultado.

Cumpre, portanto, o teu dever sem te preocupares com o que dele resultará, com seu efeito bom ou ruim. Só na sabedoria encontrarás teu refúgio sem pensares no êxito, fonte de males e miséria.

O sábio não se preocupa com o bom nem com o ruim neste mundo.

Ludwig van Beethoven

Se correres, chegarás mais depressa.
Se andares, irás mais longe,
Se gritares, serás ouvido,
Se falares, te darão ouvidos,
E se calculares demais, te enganarás.

Alain Ayache

"Na verdade, o que enxergas esconde o que deves ver, e o que ouves confunde o que deves ouvir. Atrás da miragem esconde-se o poço que te saciará a sede." Assim falou o Mestre da Graça Poderosa a Jaffar, o Berbere dos planaltos de Hoggar.

Enquanto Jaffar descia das montanhas para atravessar as dunas de areia de fogo, pediu ao Todo-Poderoso que o acompanhasse para mostrar-lhe o caminho.

E o Criador deu-lhe a insigne honra de ir a seu lado para além das palmeiras, das ravinas e das sáfaras. Falaram de sabedoria e de filosofia, da busca do homem, de sua paz interior. Jaffar pediu ao Sábio eterno que lhe permitisse viver o maravilhoso, que lhe permitisse tocar o impossível.

Mas muitas vezes, para Jaffar, as palavras do Todo-Poderoso não tinham sentido. O jovem desbaratava as imagens, perdia as parábolas, tropeçava nos símbolos que o Supremo Espírito punha em seu caminho.

Um pouco depois, o Venerado Conhecedor interrompeu a caminhada, pedindo a Jaffar que procurasse água para matar sua sede. E Jaffar saiu à procura de um poço, de uma fonte ou de um lago para saciar a sede do Senhor do Universo. Andou de uma duna à outra, seguiu uma longa falha recortada na rocha pelo tempo e pelas chuvas. A ravina afundava rumo às planícies costeiras, aos lagos distantes e aos rios subterrâneos.

E subitamente uma aparição, ao longe, acarinhou-lhe os sentidos. Uma visão de sonho, semelhante a uma moça sentada à beira da água, atraiu seu olhar. Ele se aproximou e descobriu a beleza em forma de mulher, a finura, o encanto e o amor reunidos.

Nas primeiras palavras, ambos compreenderam que o destino os marcara para viverem juntos. Jaffar pediu a moça em casamento e casou-se com ela.

Foi quando houve grandes festas, das quais as areias ainda se recordam. Um, dois, numerosos filhos nasceram do amor de ambos, a vida deles foi tranquila, e seus dias foram felizes. Seus filhos cresceram, casaram-se, e a segunda geração de crianças também vivia na casa de Jaffar, de tal forma que ele tinha uma grande família com doze filhos, sete filhas e cinquenta netos. Na verdade, Jaffar tinha criado um povo de pastores, que criava rebanhos de cabras que se multiplicavam.

Mas um dia, com a mesma intensidade da felicidade que os fazia viver, abateu-se terrível infelicidade sobre toda a região. Um dos poços se tornou insalubre, e os animais e os homens morreram como mariposas ao redor das fogueiras da noite. Então Jaffar saiu pelo deserto com a família, como se fosse uma grande tribo, para fugir da infelicidade que os perseguia. E a infelicidade correu mais depressa do que eles.

Um a um, seus filhos foram desaparecendo, seus netos também, e a mulher que ele amava perdeu a vida em seus braços. A sede, a fome, a areia, a doença dizimaram o povo que Jaffar demorara anos para formar. Então, como eremita, ele se refugiou sozinho na região das grutas, com uma cabra e um bode, únicos tesouros que tinha para recomeçar a vida.

Um dia, quando estava tirando água do poço, o Senhor dos Mundos apareceu-lhe de súbito e disse-lhe:

"O que estás fazendo, Jaffar? Que esperas para aplacar minha sede? Faz uma hora que partiste, e eu estou começando a ficar impaciente!"

"Uma hora!", exclamou Jaffar. "Uma hora! Mas faz quase quarenta anos, Astro Supremo!"

Aquilo que para Jaffar era uma vida escoara-se em algumas dezenas de minutos para o Todo-Poderoso.

Então Jaffar entendeu a metáfora e agradeceu ao Criador por ter-lhe feito compreender o que separa a realidade da ilusão, a verdade do sonho.

A lenda dos homens azuis

Um dedo aponta a lua. Azar de quem só vê o dedo.

Adágio zen

Quantas vezes abandonamos nosso caminho, atraídos pelo brilho enganador do caminho ao lado?

Paulo Coelho

É possível que um homem seja menos sábio do que um pássaro.

Confúcio

O sábio e o insensato são formados da mesma matéria.

Ditado chinês

O que faz o verdadeiro valor de um ser humano é libertar-se de seu pequeno eu.

Albert Einstein

O ego não deve ser eliminado: o que deve ser eliminado é a ideia de um ego constante, fixo, finito.

O ego é pequeno, estreito, o ego é condicionado.

Por isso, tentem expandi-lo o máximo possível.

Swami Prajnanpad

As fronteiras do eu devem ser endurecidas, antes de serem amolecidas. Uma identidade deve ser estabelecida antes de ser transcendida.
Scott Peck

O homem que acha que sabe não sabe.
Upanishad

Que coisa maravilhosa a verdadeira personalidade do homem – quando ela estiver a nosso alcance! Ela evoluirá de maneira natural e simples, como uma flor, ou como um broto de árvore. Nunca estará em discórdia. Não discutirá e não brigará. Não procurará provar. Saberá tudo, no entanto não se preocupará com o conhecimento. Será cheia de sabedoria. Seu valor não será medido em função de bens materiais. Ela não possuirá nada, no entanto possuirá tudo e continuará a possuir o que lhe for retirado, tão rica será. Não estará o tempo todo interferindo na vida dos outros ou pedindo que os outros sejam semelhantes a ela. Ela amará os outros por serem diferentes. No entanto, sem interferir na vida dos outros, ela ajudará a todos, assim como uma coisa bonita nos ajuda, simplesmente por ser o que é. A personalidade do homem será maravilhosa. Será tão maravilhosa quanto a personalidade de uma criança.
Oscar Wilde

Quando tivermos superado os saberes, teremos o conhecimento. A razão terá sido um auxílio; a razão será o entrave.
Sri Aurobindo

Só sei que não sei.
Sócrates

O que é muito importante é a natureza, a Grande Natureza. Lembra-vos; sentir, sempre sentir... não refletir!
Karlfried Graf Dürckheim

Se nos sentimos tão à vontade na natureza é porque ela não tem opinião sobre nós.
Friedrich Nietzsche

Para completar-se, para tornar-se sábio e forte, é simples, basta abrir-se, deixar chegar o que falta, a outra metade essencial de si.

Essa procura da completude exige atenção e perseverança, situa-se fora do voluntarismo que bloqueia porque é mental.

Aprender a ceder é nosso problema, um problema de atenção, de descontração e de Amor.

Gita Mallaz

Se podes andar sobre a água,
Não és mais hábil do que uma palha.
Se podes voar pelos ares,
Não és mais hábil do que uma mosca.
Conquista teu coração,
E te tornarás alguém.

Sufi Ansari

Quanto mais o sábio dá aos outros, mais tem para si mesmo.

Lao-tsé

Dai, e vos será dado.

Jesus

Entre o rato e o camelo, qual é o mais sábio? A fábula narrada pelos contadores do deserto nos ensina muito sobre o mundo animal...

O rato é hábil, astucioso, rápido, inteligente. Desliza entre as mãos do homem e insinua-se em sua casa, sem que ele o veja. Rói seu pão, seu queijo, seus objetos, seu colchão, sua cama, rói-lhe a vida. O homem arma ratoeiras, que ele se diverte em burlar. Então o homem vocifera enquanto o rato, impertinente como o diabo, provoca, zomba e põe em pânico a dona de casa, que pula de um pé ao outro a berrar. Só por essa malícia muitas vezes dirigimos ao animalzinho um olhar enternecido, até um pouco divertido, a tal ponto o vemos, em sua sem-vergonhice, como criatura finória, esperta, muitas vezes brilhante... no entanto...!

O camelo, por sua vez, animalzão pacato, se impõe respeito, é por suas qualidades de resistência, força e robustez. Tem o grande poder de viver dias e dias sem comer e sem beber, andando sob o sol abrasador do deserto, um pé na frente, outro atrás, obediente ao homem, sem jamais reclamar. O camelo é fiel, servidor devotado, mas nunca se diz que é finório ou astuto, que tem malícia ou malvadeza... no entanto...!

Um rato, fugindo do homem, pulou na garupa de um camelo e, imitando o dono, estalou a língua, chicoteou as duas corcovas, dando-lhe ordem de levantar-se e andar. O camelo não disse nada e saiu sacolejando.

O rato, orgulhoso, certo de seu poder, deu pulos de alegria sobre a montanha de pelos.

Chegando à margem de um riachinho, o camelo pediu ao rato que descesse e fosse à sua frente, para guiá-lo puxando os arreios.

– Rato, meu cameleiro, mostre-me o caminho. Não passo de montaria. Você, sim, sabe o caminho.

– É que... nesse riacho... tenho medo de me afogar!

Então o camelo disse:

– Sozinho nunca fiz isso. Gostaria que hoje tentasse.

E molha os pés afirmando que a água não é funda, que nem chega à parte de baixo de seus jarretes.

– É sim, mas – diz o rato – o que para você é minúsculo para mim é uma montanha, e a pulga que te pica para mim é um elefante dos trópicos. O que é um fio d'água para você, para os ratos é um oceano furioso. Não posso te guiar.

– Então – diz o camelo – deixe de bancar o maioral, desça da montaria para pensar no jeito de escapar do homem que está atrás de você e já vem chegando.

– Perdão – diz o rato –, faço-lhe mil súplicas de joelhos: atravesse-me. Vou sair pelos montes e pelas dunas cantando louvores a você e dizendo que o camelo é o mais sábio dos animais.

Conto tuaregue

Conhecer-nos faz-nos cair de joelhos, postura indispensável ao amor. Pois o conhecimento de Deus engendra o amor, e o autoconhecimento engendra a humildade.
Madre Teresa

A única verdadeira finalidade do amor é a evolução espiritual ou humana.
Scott Peck

A sabedoria não está na razão, mas no amor.
André Gide

Só se enxerga bem com o coração. O essencial é invisível para os olhos.
Antoine de Saint-Exupéry

Dá tuas mãos para servir e teu coração para amar.
Madre Teresa

Todo o nosso raciocínio se reduz a ceder ao sentimento.
Blaise Pascal

Quando o amor chega, a razão foge.
Ela não pode coabitar com a loucura do amor.
O amor nada tem a ver com a razão.
Farid al-Din Attar

Se o amor coroa, também crucifica.
Khalil Gibran

Há repetições para os ouvidos e para a mente, mas não para o coração.
Nicolas de Chamfort

Uma consciência perturbada pelos desejos não pode libertar-se; e uma sabedoria perturbada pela ignorância não pode desenvolver-se. Assim, podemos dar fim aos desejos, libertando o espírito; e podemos dar fim à ignorância, libertando a sabedoria.
Buda

Se há um amor puro e livre da mistura de nossas outras paixões, é o amor que se esconde no fundo do coração e que nós mesmos ignoramos.
François de La Rochefoucauld

O coração humano é um abismo desconhecido para ele mesmo; só aquele que o fez penetra em seu fundo.
Cristina da Suécia

Tomai uma árvore boa: seu fruto será bom; tomai uma árvore ruim: seu fruto será ruim. Pois é pelo fruto que se conhece a árvore.
Raça de víboras, como poderíeis ter boa linguagem, se sois malvados?
Pois é daquilo que o coração está cheio que a boca fala.
São Mateus

Não procures saber! Serve! Então conhecerá, e não saberás.
Gita Mallaz

O que precisamos é amar sem nos esgotarmos.
Madre Teresa

Quando te dás recebes mais do que dás, pois não eras nada e te tornas algo.
Antoine de Saint-Exupéry

Com fé podemos atravessar correntes.
Com esforço transpomos o oceano.
Com energia podemos livrar-nos do sofrimento.
Com sabedoria alcançamos a pureza.
Buda

A sabedoria clama lá fora; pelas ruas levanta a sua voz.
Nas esquinas movimentadas ela brada;
nas entradas das portas e nas cidades profere as
                            [suas palavras:
Até quando, ó simples, amareis a simplicidade?

E vós, escarnecedores, desejareis o escárnio?
E vós, insensatos, odiareis o conhecimento?
Atentai para a minha repreensão;
pois eis que vos derramarei abundantemente
[do meu espírito
e vos farei saber as minhas palavras.
É a verdade que minha boca proclama,
pois o mal é abominável a meus lábios.
Todas as palavras de minha boca são justas,
nelas nada é falso nem tortuoso.
Todas são francas para quem as entende,
retas para quem encontrou o saber.
Tomai minha disciplina, e não dinheiro,
o saber mais do que o ouro puro.
Pois a sabedoria vale mais do que pérolas.
e nada do que desejamos é igual.

Bíblia – *Provérbios*

O Sábio tem os olhos abertos, mas o insensato anda nas trevas.
Eclesiastes

A solidão é o elemento dos grandes espíritos.
Cristina da Suécia

Quem progride não censura ninguém, não louva ninguém, não critica ninguém, não incrimina ninguém.

Não diz nada sobre sua importância nem sobre seu saber.

Quando embaraçado ou contrariado, só incrimina a si mesmo. Festejado ou louvado, sorri de quem o louva.

Quando censurado não se justifica.

Enfim, comporta-se com um convalescente que teme perturbar o que nele se restabelece, antes de se afirmar por completo.

Epicteto

Não há vergonha em perder ou fracassar. A vergonha, a única que pode nos causar vergonha, é sermos inferiores a nós mesmos.
Alain Ayache

Não empurrar a porta
E conhecer o mundo
Não olhar pela janela
E achar o caminho do céu
Não viajar para longe
Para achar o saber

Assim o sábio
Sabe
Sem precisar viajar
Compreende
Sem precisar olhar
Realiza
Sem precisar agir.

Lao-tsé

A todos os homens compete conhecer-te e ter clareza de espírito.
Heráclito

Quando um homem comum atinge o saber, é sábio.
Quando um sábio atinge a compreensão, é um homem comum.
Ditado zen

Ser homem é fácil,
Ser um homem é difícil.
Provérbio chinês

Contanto que chegue um homem
Às portas da cidade...
... E não se ajoelhe
Diante do ouro de um senhor.
Mas quiçá para colher uma flor...
Jacques Brel

Sabedoria e cidadania

A cidade e a sociedade formam um vasto campo de experiência, um imenso caleidoscópio em que cada espelho nos devolve uma imagem diferente de nós mesmos.

Se de saída aceitarmos essa imagem como verdadeira, correremos o risco de esquecer que não passa de imagem, sendo, portanto, frágil, enganosa e frequentemente falsa.

Só o sábio poderá nos devolver uma imagem que não seja falsificada.

O que somos não é o que parecemos, e muitas vezes nosso ego nos leva a fazer concessões, a brincar em vez de simplesmente sermos o que somos.

É na relação, no intercâmbio com outras pessoas, que tomamos consciência, que nosso ego se revela. Somos então postos diante da prova da verdade, do jogo do ser e do parecer.

Toda a dificuldade está no abandono paulatino desses comportamentos forjados, para atingirmos nossa verdade.

Toda relação é ilusória, mas não podemos prescindir da outra pessoa. O mundo exterior nos dá continuamente oportunidade de nos vermos e de nos observarmos, portanto, oportunidade de nos transformarmos.

Swami Prajnanpad

Os homens não são o que foram, mas o que vieram a ser.

Alain Ayache

Um homem sábio não se deixa governar nem procura governar os outros: quer que a razão seja a única a governar, sempre.

Jean de La Bruyère

Um príncipe sábio põe pessoalmente em prática aquilo que vai depois exigir dos outros.

Confúcio

Também sou mortal, como todos,
sou descendente do primeiro ser formado na terra.

Fui feito de carne no ventre de uma mãe, onde,
durante dez meses, fui tomando consistência no
                              [sangue,
a partir de uma semente de homem e do prazer,
                    [companheiro do sono.
Quando nasci, também aspirei o ar comum,
caí sobre a terra, que nos recebe a todos de modo
                                    [igual,
e o pranto, como ocorre com todos, foi meu
                            [primeiro grito.
Fui criado em fraldas e cuidados,
Nenhum rei começou sua existência de outro modo:
de um mesmo modo todos entram na vida e dela
                                        [saem.
Por isso orei, e foi-me dada a inteligência,
invoquei, e o espírito de Sabedoria veio a mim.
Eu a preferi aos cetros e aos tronos,
diante dela a riqueza pareceu-me nada.
A ela não igualei a pedra mais preciosa;
pois todo o ouro, diante dela, não passa de um
                          [punhado de areia,
ao lado dela, o dinheiro vale tanto quanto a lama.
Amei-a mais do que à saúde e à beleza.
e quis tê-la mais do que à própria luz, pois seu brilho
                          [não conhece repouso.
Mas com ela vieram-me todos os bens
e, em suas mãos, uma incalculável riqueza.
E todos esses bens me serviram de alegria, porque
            [foi a Sabedoria que os trouxe;
mas eu não sabia que ela era a sua mãe.
E o que aprendi sem erro eu comunicarei sem
            [avareza, não esconderei sua riqueza.
Pois ela é um tesouro inesgotável.

Salomão

Os bons conselhos penetram no coração do sábio, mas só atravessam os ouvidos dos malvados.

Provérbio chinês

O príncipe que for sábio deverá saber comportar-se todo o tempo e em todas as situações de tal modo que seus súditos precisem dele. Assim eles estarão mais dispostos a servi-lo com zelo e felicidade.

Nicolau Maquiavel

Ter o espírito claro é a mais alta virtude. E a arte de viver é dizer a verdade e agir segundo a natureza, como conhecedor.

Heráclito

Chefe é um homem que precisa dos outros.

Paul Valéry

O que há de mais poderoso no mundo é aquilo que extrai utilidade de tudo e governa tudo.

Sabe honrá-lo, e honra também o que há de mais poderoso em ti, pois é o que em ti extrai utilidade de todo o resto e dirige tua vida.

Marco Aurélio

Todas as cidades que, em todos os tempos, foram governadas por um príncipe absoluto, por nobres ou pelo povo empregaram em sua defesa a força aliada à prudência. Uma ou outra, separadamente, não basta.

Uma delas apenas não consegue conduzir as coisas a seu objetivo. E, se conseguir, não saberá mantê-las.

A força e a sabedoria são, portanto, o nervo de todos os Estados que existiram ou existirão no mundo.

As revoluções dos impérios, a ruína das províncias e das cidades foram causadas apenas pela falta de força ou de sabedoria.

Nicolau Maquiavel

Um pequeno Estado ajoelha-se diante de
um grande Estado
Passivo
Este é vencido.

Lao-tsé

Conquistemos o mundo com o nosso amor. Entrelacemos nossas vidas, teçamos laços de sacrifício e amor, e poderemos conquistar o mundo.

Madre Teresa

O sábio diz com razão que, para prever o futuro, é preciso conhecer o passado, pois os acontecimentos deste mundo têm sempre elos com os tempos que os precederam.

Criados por homens sempre animados pelas mesmas paixões, esses acontecimentos devem necessariamente ter os mesmos resultados.

Nicolau Maquiavel

Um verdadeiro comandante não parece marcial
Quem sabe lutar não se enfurece.
Quem souber vencer evitará o confronto.
Quem souber lidar com os homens se abaixará...

Tao Te King

Uma hora de escalada das montanhas faz de um bandido e de um santo duas criaturas mais ou menos semelhantes.

O cansaço é o caminho mais curto para a igualdade, para a fraternidade.

E durante o sono soma-se a liberdade.

Friedrich Nietzsche

Os homens são iguais mas não idênticos.

Swami Prajnanpad

Encontra-se alegria na luta, no esforço e no sofrimento que ela exige, mais do que na própria vitória.

Gandhi

Levamos os corajosos à ação mostrando-lhes que ela é mais perigosa do que realmente é.

Friedrich Nietzsche

Um gesto de humanidade e de caridade às vezes tem mais poder sobre o espírito do homem do que uma ação marcada pela violência e pela crueldade.

Nicolau Maquiavel

O desarmamento exterior passa pelo desarmamento interior. O único verdadeiro fiador da paz está em nós mesmos.

Dalai-Lama

Qual é o melhor governo?
O que nos ensina a nos governar.

Johann Wolfgang von Goethe

A força do número só alegra o medroso. Quem tem espírito corajoso encontra a glória no combate solitário.

Gandhi

Se nos interessamos pelos nossos membros como partes de nosso corpo, por que não pelos homens como partes da humanidade?

Dalai-Lama

Irmão em verdade, se tiveres a paz em ti, poderás rir mais alto do que tua miséria.

Charif Barzuk

Só parei de chorar quando comecei a rir.
E só parei de rir quando deixei de rir e de chorar.

Abu Yazid Bistami

Se te resolveres, o problema do mundo estará resolvido.

Henry Millon de Montherlant

A vida não passa de imenso riso de sabedoria.
Às vezes parece grito, às vezes, pranto, às vezes, lágrimas ou

dor, mas não te enganes, tu que és sábio, a vida não passa de longa risada, o resto é aparência e engano.

Charif Barzuk

O riso puro, o riso de criança vai começar com a plena aceitação de nossos próprios erros e preconceitos.

Arnaud Desjardins

O sábio nada mais é do que uma criança que lamenta ter crescido.

Vincenzo Cardarelli

É o tempo que perdeste com tua rosa que torna tua rosa tão importante [...] Os homens esqueceram essa verdade [...] mas não deves esquecê-la. És responsável para sempre por aquilo que domesticaste. És responsável por tua rosa...

Antoine de Saint-Exupéry

Para fazer grandes coisas, não é preciso ser um grande gênio, não é preciso estar acima dos homens; é preciso estar com eles.

Montesquieu

Se não favorecerdes o talento, os homens não se darão o trabalho de conquistar uma posição.

Se não derdes valor algum às coisas difíceis de atingir, ninguém as quererá roubar nem lutar para obtê-las.

Se não derdes destaque ao que é desejável, o homem não será tocado em seu coração e não fará o esforço de lutar para conquistá-lo.

A regra do sábio, para governar, é abrir os corações e encher os estômagos.

Tao Te King

Quem ama a glória põe sua própria felicidade nas emoções alheias.

Quem ama o prazer põe sua felicidade em suas próprias inclinações.

Mas o homem inteligente a põe em sua própria conduta.

Marco Aurélio

Os que desprezam o homem acreditam ser grandes homens.
Luc de Clapiers, marquês de Vauvenargues

Não creiais nos indivíduos, confiai nos ensinamentos;
Não creiais nas palavras, confiai no sentido;
Não creiais no sentido relativo, confiai no sentido supremo,
Não creiais no intelecto, confiai na Sabedoria.
Buda

Se um homem instruído ouve uma palavra sábia,
Tem-lhe apreço e soma-lhe algo;
Ao depravado ela não agrada,
Ele a despreza e rejeita.
Eclesiástico

Se souberes viajar, não deixarás marcas
E se souberes falar, não cometerás erros.
Se souberes contar, não precisarás de ábaco,
Se souberes conservar, não precisarás de fechadura
Para abrir ou fechar.
E se souberes atar, não precisarás de laços
Para prender.

A missão de todo sábio
É salvar os seres
Sem ignorar ninguém.
Ele preserva as coisas
Sem nada esquecer.
É assim que ele pratica a clara luz.
Lao-tsé

As verdades descobertas pela inteligência permanecem estéreis. Só o coração é capaz de fecundar os sonhos.
Anatole France

Os grandes pensamentos vêm do coração.
Luc de Clapiers, marquês de Vauvenargues

Pobre da nação onde os sábios emudeceram devido à idade, enquanto os homens vigorosos ainda estão no berço.
Khalil Gibram

A sabedoria vale mais do que a força,
mas a sabedoria do pobre não é reconhecida,
e suas palavras não são ouvidas.
Eclesiastes

O rico acredita-se sábio,
mas um pobre inteligente o desmascara.
Bíblia – *Provérbios*

Por que os ricos não vão até o sábio,
mas o contrário?
Porque os sábios sabem muito bem do que
[precisam para viver,
enquanto os ricos não sabem, pois dependem
[mais do dinheiro
do que da sabedoria.

Antístenes

Para que serve o dinheiro na mão de um tolo?
Para comprar a sabedoria? Ele não tem coragem!
Bíblia – *Provérbios*

É sábio de verdade aquele que, sem presumir de antemão que o querem enganar ou que desconfiam dele, é capaz de frustrar os ardis no momento em que o desejar.
Confúcio

Um cão não é bom porque late bem
Um homem não é sábio porque fala bem.
Não basta esforçar-se para ser grande,
Muito menos para ser virtuoso.
Tchuang-tsé

Os pobres, ignorantes, mal-nascidos e mal-educados não são o rebanho vulgar.

Vulgares são todos os que estão satisfeitos com a mesquinharia e com a humanidade média.

Sri Aurobindo

Os ignorantes se deleitam com o falso brilho e a novidade. Os instruídos encontram prazer no que é comum.

Ditado zen

Estamos sempre alguns passos
bem próximos de nós mesmos
e alguns passos
bem distantes do próximo.
É porque julgamos o próximo em bloco,
enquanto nos julgamos nos pequenos detalhes
dos fatos insignificantes e até passageiros.

Friedrich Nietzsche

Não deves temer que homens não te conheçam. Deves temer que tu não os conheças.

Confúcio

Ser humano
É amar os homens
Ser sábio
É conhecê-los.

Lao-tsé

Gosto dos camponeses: ele não são suficientemente eruditos para raciocínios tortuosos.

Montesquieu

Quem vive longe dos homens assemelha-se a uvas maduras. Quem vive com eles assemelha-se a uvas verdes.

Padres do deserto

Certo dia de inverno, alguns porcos-espinhos se apertavam uns contra os outros para se aquecerem mutuamente. Mas logo sentiram as picadas de seus espinhos. E se separaram.

Mais tarde, reunidos de novo pelo frio e sentindo de novo as picadas, ficaram divididos entre dois males, até que encontraram a melhor distância um do outro.

O medo do vazio e da solidão da alma individual impele os homens a viver em sociedade e a aproximar-se um do outro; mas seus numerosos defeitos muitas vezes os afastam.

A distância correta – quando eles a encontram, graças à qual a vida comum se torna possível – é a polidez e a cortesia.

[...]

O homem que tem suficiente riqueza interior prefere ficar fora da sociedade, para não precisar dar nada e nada suportar.

Arthur Schopenhauer

Nada de isolamento demais; nada de relações demais; o meio-termo é a sabedoria.

Confúcio

Ser bom é estar em harmonia consigo. Discórdia é ser forçado a estar em harmonia com outros.

Oscar Wilde

Se, por causa de tua posição e de tua dignidade, ninguém te mostra tuas falhas, pobre de ti.

Farid al-Din Attar

... Os príncipes não gostam que lhes digam a verdade.
Por isso evitam a companhia dos sábios.
Temem encontrar algum que ouse dizer-lhes
Coisas verdadeiras em vez de agradáveis.

[...]

Quando não fere,
A verdade tem algo de simples
Que dá prazer,
E só aos loucos
Os deuses concederam o dom
De dizê-la sem ofender.
Erasmo de Rotterdam

As palavras da verdade muitas vezes carecem de
[elegância,
as palavras elegantes raramente são verdades.
Lao-tsé

Faz ouvidos moucos a quem disser que te ama mais
[do que aos outros.
Esse quer teu bem e te deseja o mal.
Se quiseres ser feliz,
roga aos deuses que nenhum dos desejos dele
jamais se realize.
Sêneca

Um inimigo adquirido sem esforço é um tesouro que surge em casa; devo prezá-lo, como auxiliar de minha carreira espiritual.
Dalai-Lama

Não temo os que me atacam; temo os que me defenderão.
André Gide

Perder um inimigo é grande perda.
Cristina da Suécia

Quem vive de combater um inimigo tem interesse em deixá-lo vivo.
Friedrich Nietzsche

Uma tigela emborcada nunca se enche. Se insistes em dar as costas à realidade, a felicidade e a infelicidade deslizarão sobre teu coração como a água do rio sobre os seixos. Acontece que o homem precisa da felicidade e da infelicidade para andar em equilíbrio.

Gilbert Sinoué

Devemos escolher nossos inimigos com muito cuidado.
Não tenho nenhum que seja imbecil.
Todos têm intelecto brilhante,
por isso todos me apreciam muito.

Oscar Wilde

Nada é tão perigoso quanto um ignorante amigo, melhor seria um sábio inimigo.

Jean de La Bruyère

Viva quem me abandona! Esse me devolve a mim mesmo.
Henry Millon de Montherlant

Quem enxerga pouco sempre enxerga pouco demais; quem ouve mal sempre ouve algo a mais.

Friedrich Nietzsche

Enquanto procuras as faltas de teu próximo, como poderás alegrar-te com a beleza do mundo invisível?

Farid al-Din Attar

Para sabermos o mínimo sobre nós mesmos, precisamos saber tudo sobre os outros.

Oscar Wilde

Os velhos acreditam em tudo.
Os de meia-idade desconfiam de tudo.
Os jovens sabem tudo.

Oscar Wilde

O coração é um lago; quando nada o agita, o limo fica no fundo.

Siun-tsé

Os homens se apinham em torno da luz, não para enxergarem mais, porém para brilharem mais. Considera-se que é a luz aquele diante do qual se brilha.

Friedrich Nietzsche

As verdadeiras palavras nunca seduzem.
As belas palavras não são verdades.
As boas palavras não argumentam.
Os argumentos não passam de discurso.
Aquele que sabe não tem um grande saber.
Um grande saber nada conhece.

Lao-tsé

O trato com o sábio é sem sabor e aperfeiçoa; o trato com o homem de pouco valor é agradável e corrompe.

Confúcio

Certa noite muito escura, profunda e pesada, Jeha, o Simples, ouviu um gemido que vinha do fundo do poço. Passou correndo, porque era muito covarde. Achou que era um djim escondido atrás do bocal. O mesmo que aparecia quando ele estava dormindo, para puxar-lhe os pés. Ou então aqueles espíritos batedores que martelam os sonhos para fazê-los virar pesadelo e perturbar a paz de quem está dormindo.

Então Jeha começou a cantar bem alto para ganhar coragem.

Mas a voz do fundo do poço se transformou em apelo insistente, e o seu desespero arrepiou o Simples.

Apesar do pavor imenso, Jeha recorreu a Deus para encontrar coragem de percorrer os poucos metros que o separavam do grito.

Pouco a pouco foi discernindo palavras, pedidos de socorro, o que acabou por lhe dar coragem. E ele se ergue, forte, ereto, como um guerreiro que parte para afrontar as forças da noite.

Alguns centímetros adiante, entendeu o sentido das palavras que chegavam até ele.

– Por favor, quem estiver passando aí em cima, quem ouvir a minha voz, meu pedido de socorro, estenda uma corda a este pobre erudito. Eu procurava no fundo do poço a verdade que dizem estar aqui escondida, procurava o sentido da vida.

— A verdade é que você caiu e está todo molhado de água — disse Jeha.

— Ah, por que aumentar minhas misérias? Você fura meus tímpanos com pleonasmos infames! Estudar tanto para ouvir tanta ignorância! Estou reconhecendo: você é Jeha, o simples da aldeia. Se estou na água só posso estar molhado! Corrija-se, por favor, e aprenda a falar.

— Tem razão, Erudito, eu vou indo devagar e, quando aprender a falar, volto para te tirar do poço.

Conto oriental

Fazer grandes e eloquentes discursos não é prova de sabedoria. O homem pacífico, sem ódio nem medo, merece ser chamado sábio.

Buda

O zombeteiro não gosta que o repreendam; com os sábios ele não combina.

Bíblia – *Provérbios*

O sábio não se enfeita com sabre de ouro.

Provérbio chinês

Quem se engrandece e se põe nas pontas dos pés
perde o equilíbrio.
Quem anda depressa demais
não vai muito longe.

Quem quer brilhar não ilumina por muito tempo.
Quem se adianta não impressiona.
Quem se gaba de suas glórias deixa de merecê-las.
Quem se celebra não será reconhecido.

Lao-tsé

Um homem pode carregar um machado a vida toda e nunca cortar uma árvore. Outro, sabendo fazê-lo, dá alguns golpes, e a árvore cai. Esse machado é a discrição.

Padres do deserto

Os homens estão ocupados demais consigo para terem tempo de entender ou discernir os outros: daí deriva que, com grande mérito e grande modéstia, alguém pode ser ignorado por muito tempo.

Jean de La Bruyère

Muita gente aceita fazer grandes coisas. Poucos se contentam em fazer pequenas coisas do cotidiano.

Madre Teresa

Às almas delicadas é incômodo saber que lhe devem agradecimentos,
às grosseiras, é incômodo saber que devem agradecer.

Friedrich Nietzsche

Assim como é próprio das grandes inteligências
dizer muitas coisas com poucas palavras,
é próprio dos pobres de espírito o dom de falar muito
e nada dizer.

François de La Rochefoucauld

A sabedoria da vida é sempre mais profunda e mais ampla do que a sabedoria dos homens.

Máximo Gorki

Assim como o valor da vida não está na superfície,
mas na profundeza,
as coisas vistas não estão na casca,
mas no cerne,
e os homens não estão no rosto, mas no coração.

Khalil Gibran

O homem que só é belo, é belo só enquanto o olhamos: o homem sábio e bom é sempre belo.

Safo

Quem faz sentir sua sabedoria indispõe os homens; quem a faz esquecer, faz amar.

Lie-tsé

O homem de bem revela-se nas grandes ocasiões; o homem de pouco valor só se realiza nas pequenas tarefas.

Confúcio

Alexandre, o Grande, atingira o ápice da glória.
Rei da Macedônia, submetera os gregos e vencera os persas, dobrara o Egito, transpusera o Eufrates, atravessara o Tigre e chegara ao Indo, tomara Persépolis e Babilônia, sem nunca enfraquecer nem submeter-se.

Sua reputação estendia-se do Oriente ao Ocidente, mundos de seu duplo poder. Suas legiões haviam enfrentado e vencido muitos povos, e sua onipotência estava solidamente estabelecida na Terra. Ele conhecera tudo: das maiores vitórias às mais imensas riquezas. E como fora aluno de Aristóteles, estava impregnado de finura e inteligência.

Um dia, marchando, atingiu o pôr do sol, parou e montou acampamento. Pediu então que chamassem um sábio para instruí-lo mais. Mandou procurar um mestre que pudesse transmitir-lhe o conhecimento que ele, embora imperador, ainda não possuía. Pois era só com saber que ele poderia continuar sendo Alexandre.

Alguns lhe indicaram um mestre de sabedoria superior, eremita que vivia nos confins das falésias. Outros diziam que ele era louco.

Alexandre, que só acreditava em suas obras, quis tirar uma conclusão própria e mandou chamá-lo.

Mas o eremita não pretendia sair de sua gruta. O mensageiro insistiu, chegou a ameaçar, lembrando que Alexandre tinha o poder supremo, pois era rei dos dois mundos.

O sábio, porém, não se impressionou, afirmando que não precisava obedecer àquele imperador do qual não dependia e acrescentando que ele era o senhor daquele de quem Alexandre era servidor. E como ele era o senhor, não pretendia ser incomodado por um servidor.

Quando Alexandre ouviu tais palavras reproduzidas pelo mensageiro, ficou tremendamente enfurecido, achando que o homem era no mínimo louco ou ignorante. Como ousava dizer que ele era servidor e recusar-se a falar com ele, que era amigo de Deus? Ninguém jamais tivera a insolência de chamá-lo servidor. Nenhum poderoso, rei ou sultão, nem mesmo um simples súdito tivera a inconsciência de tratá-lo daquele modo!

O sábio, porém, ousou replicar:

– Ilustre Majestade, Imperador supremo, corrente os dois mundos em busca da imortalidade por causa de um desejo violento, do qual te tornaste escravo, servidor. Com todas as tuas legiões e teus exércitos valentes, venceste todos os continentes por desejo de poder e por cupidez. Portanto, não passas de servidor de meu servidor. Agora queres também encontrar a fonte da vida. Teu coração só se satisfaz com a cupidez e o desejo: não passas de servidor do meu servidor, pois temes perder a vida e teus tesouros. Mas, para ganhar os mistérios da vida, os bens materiais não te servirão. É o universo que precisas ganhar, mas o universo da alma.

Alexandre entendeu então que o homem não era louco, que era sábio entre os sábios e imperador entre eles. E que tê-lo encontrado era, para Alexandre, naquela nova viagem, uma de suas maiores vitórias.

Farid al-Din Attar

Os sábios, mestres de si mesmos em ato e palavra, os sábios que amestram seu próprio espírito, são esses os que merecem o nome de mestres.

Buda

O tolo dá livre curso a todas as suas fúrias, mas o sábio, reprimindo-as, acalma-as.

Bíblia – *Provérbios*

Em ter levado pão e lençóis branqueados
A algum casebre humilde e de frágeis telhados,
Qual ninho a balançar em folhas que farfalham;
Em lançar o sobejo e jogar as migalhas
À magra criancinha e ao velho macilento,
Ao pobre que contém o eterno onipotente;
Em ter deixado Deus comer sentado ao chão,
Existirá virtude, haverá compaixão?
Pode alguém declarar: "Louvem-me, sou perfeito"?
E incriminando Deus pelo que acha malfeito,
Só porque está chovendo, ou faz frio, ou calor,
Em tudo a causa ver de seu próprio louvor?

[...]

Mas voltai vosso olhar para a mãe Natureza!
Temos coração frio, em que o egoísmo grassa
Pois quem seremos nós ante toda a sua graça?
Se as nossas boas ações não valem uma rosa.
E se cremos fazer qualquer coisa valiosa.
Em nós – sopro fugaz – a vaidade se arvora.
Deus os raios não conta, ao dar ao céu a aurora,
E às flores dá o rocio sem as gotas poupar;
Toda a nossa virtude haveria de entrar
Na covinha da pedra, onde a ave vem beber

[...]

Pois sonha quem estima
Que o que aqui mal reluz resplandece lá em cima.
Por mais que brilhar possa em meio ao nosso horror,
Por melhor que pareça a quem vive em error,
Faça lá o que fizer quem na terra tem nome
De justo, sábio, bom, puro, lá em cima é homem.
Como noite perante o diurno fulgor,
Seu amor parece ódio ante o divino amor;

E os esplendores seus, a passarem em levas,
Dizem olhando Deus: não somos mais do que trevas!

[...]

E de onde vinde vós, para credes que sois
Melhores do que Deus, que no céu astros pôs,
Que todo dia ofusca a quem sai do lençol
Com aquele sorriso estupendo: o sol!

Victor Hugo

Melhor ouvir o sermão do sábio do que o canto do louco.

Eclesiastes

A loucura de Deus vale mais do que toda a sabedoria dos homens.

São Paulo

Sabedoria e espiritualidade

Nos caminhos da sabedoria, vencemos múltiplas etapas. E chega a hora da comunhão com o que em nós há de mais sutil, mais impalpável.

Em nossa relação com o supremo, no abandono do corpo e do espírito, há um espaço infinito em que tudo existe, nasce e desaparece.

Um espaço que não se poder ver, nem tocar, nem sentir, nem ouvir. No entanto, existe. Existe além de qualquer dimensão.

Alguns o chamam Deus, e, se o atingimos, ele nos remete ao homem, e onde está o homem encontramos Deus.

Conhece-te a ti mesmo e conhecerás os deuses.

Inscrição no templo de Delfos

Quem se conhece, conhece Deus.

Maomé

É a procura dessa sabedoria superior que pode nos aproximar do supremo. Os caminhos da espiritualidade são múltiplos, cada um de nós tem o seu: todos nos levam ao caminho da Verdade.

Quando despertamos enfim para a clara compreensão
E sentimos que não há fronteira alguma
E nunca houve,
Percebemos que somos tudo.
As montanhas, os rios,
A relva, as árvores, o sol, a lua, as estrelas,
O universo, enfim,
Nada mais são do que nós mesmos.
Nada nos distingue,
Nada nos separa uns dos outros.
A alienação, o medo, o ciúme, o ódio
Desaparecem.
Sabemos em plena claridade
Que nada existe fora de nós,

Que, portanto, nada temos a temer.
Estar consciente desse estado
Gera compaixão.
As pessoas e coisas
Já não estão separadas de nós:
Ao contrário, são
Como nosso próprio corpo.

Genpo Sensei

Que o Precioso pensamento do Despertar
Nasça em mim, se não o concebi.
E que, depois de nascer, não decline jamais
Porém sempre se desenvolva.

Rabindranath Tagore

Na parte mais pura de nossa alma palpita um ardente desejo de nos entregarmos livremente e por gratidão a um ser desconhecido, mais alto e mais puro, que decifre para nós o enigma do eterno Inominado.

Johann Wolfgang von Goethe

Ao homem que não podia atingi-la, a espiritualidade estendeu os braços e o atraiu para um vale imenso, encravado entre duas montanhas. Lá, solitário entre os homens, ele se escondeu como eremita convicto, em busca de Deus.

Como não podia atingi-lo, implorou ao Todo-Poderoso, rogando-lhe que o iluminasse, que lhe aparecesse, que se mostrasse a ele.

E Deus não apareceu.

Então o homem jejuou e orou dias inteiros, suplicando, chorando e implorando ao Altíssimo, que não o ouvia.

Como desesperasse, Deus finalmente apareceu, mas na forma mais inesperada pelo homem. Deus se mostrou a ele com o aspecto do mundo ao qual o eremita havia renunciado.

Então o homem retornou ao mundo de onde vinha, radiante de felicidade e paz, pois lá, em torno dele, Deus estava em toda parte.

Swami Ramdas

Assim como com pequena estatura é possível ser homem pleno, uma vida pode ser breve, mas plena. A idade faz parte das coisas exteriores. A duração de minha vida não depende de mim. Viver plenamente só depende de mim. Não me peçam que atravesse os dias de minha vida na baixeza comparável às trevas. Quero levar a vida, e não que ela me leve!

Sêneca

Visto estar escrito que toda árvore que não dá bons frutos será cortada e lançada às chamas, devemos todos nos esforçar por dar esse fruto que é o autodomínio. Mas também precisamos de folhas para nos cobrir e nos enfeitar: ou seja, de boas ações praticadas com a ajuda do corpo.

Padres do deserto

A espiritualidade [...] exige acima de tudo o cultivo da coragem, uma imensa força, uma intrepidez sem falha.
Os covardes não podem satisfazer à moral.

Gandhi

O reino dos céus é um estado do coração.

Friedrich Nietzsche

Se não encontrares amigo sábio, pronto a caminhar contigo, resoluto, constante, anda sozinho, como um rei atrás de uma conquista ou um elefante na floresta.

Buda

Não deis aos cães o que é sagrado, não lanceis pérolas aos porcos, para que eles não as pisoteiem e depois se voltem contra vós para vos dilacerar.

São Mateus

O silêncio do coração é necessário para que possas ouvir Deus por toda parte – na porta que se fecha, na pessoa que te procura, nos pássaros que cantam, nas plantas e nos animais.

Madre Teresa

Levanta a pedra e me encontrarás.
Fende a madeira, eu estarei lá.

Jesus

"Conhece-te a ti mesmo" –
estava escrito no portal do mundo antigo.
No portal do novo mundo, estará escrito:
"Sê tu mesmo."

A mensagem de Cristo aos homens era simplesmente:
"Sê tu mesmo".
Esse é o segredo de Cristo.

Oscar Wilde

Como apreender?
Não apreendas!
O que fica quando nada mais há para apreender és Tu.

Panchadashi

Homem, és construtor, tudo queres e fazes.
E dizes: "Estou só, pois sou o ser que pensa.
O cosmo só a mim tem, em sua tristeza densa.
Aquém de mim, a noite; além, o irreal.
A ciência arrancou o olho do ideal.
Eu mesmo sou o fim, e sou a sumidade".
Pois então olha o boi, com a sua humildade.
Escutas o rumor de teus passos no mármore?
Interrogas o mar? E não vês essas árvores,
Tu não falas acaso a certos religiosos?
Como pelo pendor dum monte prodigioso,
A criação inteira, em confusa mistura,
Vem subindo até ti, da profundeza escura:
O rochedo está longe, e mais perto, o animal.
E tu, altivo, estás no ponto coronal.
Mas, dize, poderá a lógica enganar?
E a escada, que tu vês em ti mesmo parar?
E tu, que já não tens os sentidos tão baços,

Crês que essa criação, que sobe passo a passo,
Em direção à luz, e em sua caminhada
À matéria menor soma mais claridade,
E ao monstro inicial mais instintos mistura,
Crês que essa vida enorme, a vida que satura
A mente de clarões, de alento o vegetal,
Que vai da rocha à planta, e desta ao animal,
Que da pedra até ti se eleva sutilmente,
Põe após ti o abismo e para abruptamente?
Não, ela continua invicta, admirável,
No invisível penetra, e dá no imponderável,
Sumindo para ti, mas enchendo o azul puro
De um mundo deslumbrante, a espelhar o obscuro,
Seres de humano aspecto, outros bem diferentes,
Espíritos que são de raios resplendentes
Tal como o homem é de instintos construído.
Ela lança através de céus não atingidos
A sublime ascensão de escadas estreladas.
De infernais regiões sobe às almas aladas,
Faz nossa fronte escura a luz dos pés tocar,
Une o espírito astral ao arcanjo solar
E liga, a atravessar imensas extensões,
Grande mar constelado a azuis legiões,
Povoa o alto, o baixo, a borda, o meio seu,
E na profundidade esvaece-se em Deus.

Victor Hugo

Quem deseja menos coisas está mais perto dos Deuses.

Sócrates

Diante do divino, o mais sábio dos humanos parecerá um macaco.

Heráclito

Na verdade, há veios de onde se extrai a prata,
    lugar onde se refina o ouro.
O ferro é tirado da terra,
    e da pedra funde-se o cobre.

Ele põe fim às trevas,
   e toda a extremidade esquadrinha,
   a pedra da escuridão e a das sombras.
Abre um poço longe dos homens,
   em lugares esquecidos do pé;
      ficando pendentes longe dos homens, oscilam
                           [de um lado para outro.

Da terra procede o pão,
   mas por baixo é revolvida como por fogo.
As suas pedras são o lugar da safira,
   e têm pó de ouro.
A ave de rapina ignora essa vereda,
   e não a viram os olhos da gralha.
Nunca a pisaram filhos de animais altivos,
   nem o feroz leão passou por ela.
Ele estende a sua mão contra o rochedo
   e revolve os montes desde as suas raízes.
Dos rochedos faz sair rios,
   e o seu olho vê tudo o que há de precioso.
Esgota as nascentes dos rios,
   e tira à luz o que estava escondido.
Porém onde se achará a sabedoria,
   e onde está o lugar da inteligência?

O homem não conhece o seu caminho.
   e não se acha ela na terra dos viventes.
O abismo diz: "Não está em mim";
   e o mar diz: "Não está comigo".
Não é comprada por ouro maciço,
   nem se pesará prata em troca dela.
Nem se pode comprar por ouro fino de Ofir,
   nem pelo precioso ônix, nem pela safira.

Com ela não se pode comparar o ouro nem o cristal;
   nem se trocará por joia de ouro fino.
Não se fará menção de coral nem de pérolas;
   porque o valor da sabedoria é melhor do que o dos
                                     [rubis.
Não se lhe igualará o topázio da Etiópia,
   nem se pode avaliar por ouro puro.
Donde, pois, vem a sabedoria,
   e onde está o lugar da inteligência?
Pois está encoberta aos olhos dos viventes
   e oculta às aves do céu.
A perdição e a morte dizem:
   "Ouvimos com os nossos ouvidos a sua fama".
Deus entende o seu caminho,
   e ele sabe o seu lugar.
(Porque ele vê as extremidades da terra;
   e vê tudo o que há debaixo dos céus.)
Quando deu peso ao vento
   e tomou a medida das águas;
   quando prescreveu leis para a chuva
   e caminho para o relâmpago dos trovões;
   então a viu e avaliou;
   e também a esquadrinhou.
E disse ao homem:
"Eis que o temor do Senhor é a sabedoria,
   e afastar-se do mal é a inteligência".

Bíblia – *Livro de Jó* – *Elogio da Sabedoria*

A realidade é ao mesmo tempo múltipla e una, e em sua divisão ela é sempre reunida.

Platão

Quatro cegos discutiam em torno de um elefante que, pacato, estava em pé no jardim de um circo.

O primeiro, com as duas mãos, envolveu uma das patas do forte paquiderme. E disse:

– O elefante é um animal em forma de coluna. Como aquelas que sustentam os templos de nossas divindades.

— Não — disse o segundo, segurando a tromba —, é um bicho comprido, como uma jiboia, com a forma dos tubos de bambu que irrigam nossos jardins.

— De jeito nenhum — disse o terceiro, agarrando uma orelha —, é um animal chato e largo, como uma folha de bananeira gigante ou como os flabelos com que os escravos abanam os marajás.

— Vocês não entenderam nada — exclamou finalmente o quarto, que tentava em vão agarrar o rabo do mastodonte —, esse bicho não passa de um chicote que o amo usa para bater nos escravos. Ou então um enxota-moscas de uso exclusivo de nossos príncipes.

E já falavam em altos brados. Um homem sábio, que passava por lá, ouviu a discussão e aproximou-se.

Os cegos lhe imploraram que os esclarecesse.

— O primeiro está errado. O animal não é uma cobra.

Os outros dois cegos alegraram-se.

— O terceiro não está mais certo do que os outros. O bicho não se parece nem com folha de bananeira, nem com abano.

O quarto cego então ficou exultante, crente de que tinha razão.

— O quarto é tão ignorante quanto os outros três. Também não é um chicote, coisa que os três mereceriam por quererem todos ser donos da verdade. O elefante é um pouco de tudo isso.

Assim discutem os homens de espírito estreito, que só veem um aspecto da divindade.

Ramakrishna

Segundo capítulo
Livro da filosofia

Aqui evitaremos uma apresentação da filosofia que seja excessivamente acadêmica, para alguns até rebarbativa, pois o objetivo de nosso livro é a meditação, sem dúvida, mas que ela sirva para o repouso do espírito.

Basta lembrar apenas, numa breve passagem pela história, que o nascimento da filosofia ocidental é situado entre os séculos VII e VI a.C. na Grécia. A filosofia era então um misto de poesia, ciência, física, matemática, religião e mitologia.

Quantas vezes ouvimos dizer, a respeito de algum amigo que enfrenta as situações difíceis com serenidade, com moderação, que ele encara as coisas com filosofia?

Saber ser filósofo é demonstrar tranquilidade diante dos golpes da vida.

É também o domínio da reflexão e da argumentação acerca de um assunto de discussão lançado numa reunião.

O ressurgimento da moda dos cafés filosóficos mostra que esse tipo de pensamento corresponde a uma necessidade de convivência, mesmo dentro de um espírito de polêmica – quando a preocupação do orador é não só atrair as luzes sobre si, mas também iluminar-se interiormente.

Filosofia e arte de viver

O bom filósofo sabe cultivar um modo de raciocínio positivo, construtivo, mesmo em meio ao desacordo ou à desinteligência, criticar se preciso for, mas evitar a discriminação que isola, empobrece o indivíduo, privando-o de seu ambiente.

O filósofo completo é aquele que sabe manter o olhar autenticamente acima dos acontecimentos da vida concreta.

Mas nem por isso se desvincula deles.

Ele tem condições de lançar luzes serenas sobre as preocupações da vida cotidiana.

Também sabe gerir seus conflitos, argumentar, fazer valer suas ideias, sempre com distância, sabendo sobretudo manter o controle e o autodomínio.

Pois obter calma espiritual e paz mental são as bases essenciais da arte de vida do filósofo.

Façamos votos de que, com a leitura das citações que se seguem, os leitores aprendam – se já não o souberem – a explorar as paragens da filosofia.

Sobre aqueles que proíbem alguém de estudar nos livros de filosofia, por acreditarem que alguns homens de pouco valor incidiram no erro por tê-los estudado, dizemos que se assemelham a quem porventura proibisse uma pessoa sedenta de beber água fresca e boa, deixando-a morrer de sede, argumentando que há quem morra afogado na água.

Ibn Ruchd Averróis

Desconfie desses cosmopolistas que vão buscar bem longe, nos livros, deveres que deixam de cumprir em torno de si. Tal filósofo ama os tártaros, para ser dispensado de amar seus vizinhos.

Jean-Jacques Rousseau

O real valor que tem a filosofia para o homem é esclarecer a natureza de seu ser, os princípios de sua psicologia, suas relações com o mundo e com Deus, as linhas fixas ou as vastas possibilidades de seu destino.

Sri Aurobindo

A filosofia tem a função essencial de revelar o sentido fundamental de todas as coisas e de todos os processos, para permitir a grande síntese do fim do ciclo; em outras palavras, de conduzir à sabedoria, quintessência e soma de toda civilização.

Dane Rudhyar

O esforço dos filósofos é de compreender o que seus contemporâneos apenas vivem.

Friedrich Nietzsche

Os verdadeiros filósofos são como elefantes, que quando andam nunca põem o segundo pé no chão antes que o primeiro esteja bem firme.

Bernard Le Bovier de Fontenelle

Ser filósofo é resolver alguns dos problemas da vida não só em teoria, mas na prática.

Henry David Thoreau

Como não se pode ser universal e saber tudo o que se pode saber sobre tudo, é preciso saber um pouco de tudo.

Pois é bem mais bonito saber alguma coisa de tudo do que saber tudo de uma coisa; essa universalidade é a mais bela.

Blaise Pascal

A filosofia do espírito humano é uma ciência de fatos; as lições, os livros podem dirigir nossa atenção, ajudar-nos a classificar e a guardar na memória o que observamos; mas não ocupam o lugar da observação.

Pierre Paul Royer-Collard

Nem todas as faculdades do mundo jamais impedirão que os filósofos vejam que começamos sentindo, e que nossa memória nada mais é do que uma sensação continuada.

Um homem que nascesse desprovido dos cinco sentidos estaria desprovido de qualquer ideia, caso continuasse vivendo. As noções metafísicas só nos chegam pelos sentidos; pois, como medir um círculo ou um triângulo, se nunca tivermos visto ou tocado um círculo e um triângulo? Como ter ideia imperfeita do infinito, a não ser empurrando fronteiras? E como eliminar fronteiras, sem nunca as ter visto ou sentido?

A sensação envolve todas as nossas faculdades.

Voltaire

Confia livremente em teus sentidos.
Nada de falso os afetará
Se o espírito estiver desperto
Johann Wolfgang von Goethe

Nada há em nossa inteligência que não tenha passado por nossos sentidos.

Aristóteles

As pessoas que impõem a razão são como aqueles que britam pedregulhos nas estradas: cobrem-nos de detritos e poeira.

Oscar Wilde

Conhecemos a verdade não só pela razão, mas também pelo coração; é desta última forma que conhecemos os primeiros princípios, e em vão o raciocínio, que nisso não desempenha papel algum, tenta combatê-los...

[...] E é nesses conhecimentos do coração e do instinto que a razão precisa apoiar-se e fundamentar todo o seu discurso [...]

[...] E é tão inútil e ridículo a razão pedir ao coração provas de seus primeiros princípios, para neles assentir, quanto seria ridículo o coração pedir à razão um sentimento de todas as proposições que ela demonstra, para acolhê-las.

Essa impotência, portanto, só deve servir para humilhar a razão, que gostaria de julgar tudo, e não para combater nossa certeza, como se só a razão fosse capaz de nos instruir. Ao contrário, quisera Deus que não precisássemos dela nunca e que conhecêssemos tudo por instinto e por sentimento!

Mas a natureza nos recusou esse bem; ao contrário, deu-nos pouquíssimos conhecimentos dessa espécie; todos os outros só podem ser adquiridos por raciocínio.

Blaise Pascal

Nem inteligência elevada, nem imaginação, nem as duas coisas juntas fazem o gênio.

Amor! Amor! Amor! Essa é a alma do gênio.

Wolfgang Amadeus Mozart

Os grandes pensamentos vêm do coração.

Luc de Clapiers, marquês de Vauvenargues

Assim como, diante do sol, fachos e fogos de artifício perdem o brilho, também a inteligência, o gênio e até a beleza se toldam e obscurecem diante da bondade do coração.

Arthur Schopenhauer

Entre as coisas que não sabemos, existem aquelas em que acreditamos por testemunho alheio; é o que se chama fé. Existem aquelas que nos abstemos de julgar antes e depois de examiná-las; é o que se chama dúvida; e quando, na dúvida, pendemos de um lado mais do que de outro, sem contudo determinar nada de modo absoluto, temos o que se chama opinião.

Jacques Bénigne Bossuet

Mal acabamos de receber a sabedoria de um filósofo, saímos pelas ruas com a sensção de que nos reformamos e nos tornamos um grande homem; pois só encontramos gente que não conhece essa sabedoria, e assim temos para propor uma decisão nova e desconhecida sobre todas as coisas: como reconhecemos um código, logo achamos que podemos bancar os juízes.

Friedrich Nietzsche

Os homens e suas opiniões? Crianças e brinquedos.
Heráclito

Louvamos ou criticamos, dependendo do que nos dê mais oportunidade de fazer brilhar o nosso julgamento.
Friedrich Nietzsche

A opinião à qual devemos nos apegar sem dúvida é de que a alma é um ser imaterial; mas certamente não concebeis o que é esse ser imaterial.
– Não, respondem os eruditos, mas sabemos que sua natureza é pensar.
– E como sabem?
– Sabemos, porque esse ser pensa.
Ó eruditos! Meu receio é serdes tão ignorantes quanto Epicuro: a natureza de uma pedra é cair, porque ela cai; mas pergunto: quem a faz cair?
Voltaire

Não adotemos uma opinião porque muitos a defendem ou porque é o pensamento de um Grande Filósofo, mas apenas por vermos mais indícios em serem as coisas deste modo do que daquele.
Savinien de Cyrano de Bergerac

Não nos lançaríamos ao fogo por nossas opiniões – tão pouco seguros somos delas –, mas talvez pelo direito de ter opiniões e de mudar de opinião.
Friedrich Nietzsche

Devemos apenas procurar pensar e falar com justeza, sem querer fazer os outros aderir a nosso gosto e a nossos sentimentos; essa já é uma imensa tarefa.
Jean de La Bruyère

Os homens, ao lidarem continuamente com a razão que governa o Todo, nem sempre se afinam com ela e olham como estrangeiros os acontecimentos que vivem todos os dias.
Heráclito

Se por acaso, para transigires com alguém, quiseres aparentar ser filósofo, fica sabendo que perdeste teu fundamento de filósofo. Contenta-te portanto em ser em tudo filósofo. Mas se ainda quiseres parecê-lo, parece-o para ti mesmo, e que isso te baste.

Marco Aurélio

Se desejares ser filósofo, prepara-te desde já para ser ridicularizado e escarnecido pela multidão, que dirá: "De repente ele virou filósofo". E: "Onde foi que ele arranjou esse modo altivo de erguer as sobrancelhas?".
No que te diz respeito, não ergas as sobrancelhas com altivez. Empenha-te naquilo que te parecer melhor, como se Deus te houvesse designado para o posto. Lembra-te de que, se perseverares, aqueles mesmos que antes zombavam de ti te admirarão depois. Mas, se te deixares abater, serás duplamente ridículo.

Marco Aurélio

Devem ser chamados filósofos aqueles que se apegam em tudo à essência, e não os que são amigos da opinião.

Platão

... A filosofia consiste em cuidar para que o gênio que há em nós não sofra perdas nem danos, fique acima dos prazeres e das dores, não faça nada a esmo, nem por mentira, nem por falsas aparências, não se preocupe com o que os outros fazem ou deixam de fazer. E, além disso, em aceitar o que acontece e o que lhe cabe, como se viesse do mesmo lugar de onde ele veio.

Marco Aurélio

Se, entre gente do povo, a conversação versar sobre algumas máximas, fica o mais possível em silêncio. Porque corres grande risco de vomitar depressa o que não digeriste. E, quando alguém disser "Não sabes nada" e não te ofenderes com essas palavras, será porque começas a ser filósofo. Pois não é devolvendo ao pastor o capim que engoliram que as ovelhas lhe mostram quanto comeram. Mas, uma vez digerido o que comeram, o que elas devolvem é lã e leite. E tu também, não ostentes máximas diante do vulgo, mas mostra os efeitos do que digeriste.

Epicteto

Conduta e caráter do homem vulgar: ele nunca espera benefícios ou malefícios de si mesmo, mas das coisas exteriores.
Conduta e caráter do filósofo: só espera benefícios ou malefícios de si mesmo.

Marco Aurélio

O importante não é discorrer sobre o que deve ser o homem de bem, mas sê-lo.

Marco Aurélio

Com os homens profundos, assim como ocorre com os poços profundos, demora algum tempo para que um objeto lançado atinja o fundo. Os espectadores, que em geral não esperam o tempo suficiente, preferem imaginar que tais homens são insensíveis e duros. Ou então que são aborrecidos.

Friedrich Nietzsche

Só as pessoas superficiais sabem de que são feitas.

Oscar Wilde

A tarefa da filosofia é conhecer o que é, pois o que é, é a razão.
No que diz respeito ao indivíduo, cada um é filho de seu tempo; assim também a filosofia resume seu tempo no pensamento.
É tão insensato imaginar que uma filosofia qualquer possa ultrapassar o mundo que lhe é contemporâneo quanto acreditar que um indivíduo saltará por cima de seu tempo.

Georg Wilhelm Friedrich Hegel

Nunca fui muito filósofo: sou sensível e apaixonado demais para isso.

Paul Léautaud

Os homens são sempre contrários à razão quando a razão é contrária a eles.

Helvétius

A razão abre a porta para a sabedoria, mas a sabedoria mais viva não se encontra na razão.

A razão fecha a porta aos destinos maléficos, mas a nossa sabedoria abre no horizonte uma outra porta para os destinos propícios...

Maurice Maeterlinck

Quando somos compenetrados de alguma grande verdade e a sentimos vividamente, devemos dizê-la sem receio, mesmo que outros já a tenham dito. Todo pensamento é novo quando o autor o exprime de uma maneira sua.

Luc de Clapiers, marquês de Vauvenargues

A superestimação da razão tem em comum com o poder absoluto de Estado o seguinte: sob seu domínio, o indivíduo sucumbe.

Carl Gustav Jung

Acreditas que, tornando-te filósofo, poderá comer como comes, beber como bebes, ter os mesmos desejos, as mesmas aversões? É preciso vigiar, sofrer, separar-se dos seus, suportar o desprezo dos escravos, ser escarnecido por qualquer um, ceder em tudo, nas honrarias, nos cargos públicos, diante dos juízes e nas coisas mínimas.

Pesa tudo isso, se quiseres receber em troca a impassibilidade, a liberdade, a calma. Se não quiseres, não te aventures, para que, como as crianças, não sejas agora filósofo, daqui a pouco cobrador de impostos, logo depois retor, mais tarde procurador de César. Essas coisas todas não combinam. Deves ser um homem só, bom ou mau. Deves cultivar o governo de ti mesmo ou as coisas de fora, aplicar-te às coisas interiores ou às exteriores, ou seja, exercer o papel de filósofo ou de cidadão particular.

Marco Aurélio

Não se pode servir ao mesmo tempo a dois senhores tão diferentes quanto o mundo e a verdade.

Arthur Schopenhauer

A utilidade de filosofia é nos consolar de sua inutilidade.
Jean Commerson

Zombar da filosofia é realmente filosofar.
Blaise Pascal

Como alguém pode tornar-se pensador se não passar pelo menos um terço de seu dia sem paixões, sem gente e sem livros?
Friedrich Nietzsche

Quanto mais sabes, menos compreendes.
Tao Te King

Entre os que leem, há vinte que leem romances para um que estuda filosofia. O número dos que pensam é excessivamente pequeno, e a estes nem ocorre perturbar o mundo.
Voltaire

Entendo que se deve ser filósofo sem o saber; sem isso, a pessoa se torna pedante, paradoxal, presunçosa; nem ela mesma se entende. Profere máximas que ninguém compreende; mas os tolos assim mesmo dizem: Meu Deus! Quanta verdade!
Charles Joseph, príncipe de Ligne

Cada pensamento é uma exceção a uma regra geral, que é não pensar.
Paul Valéry

Não pensar é o encanto da vida.
Sófocles

Só se pensa por imagens. Se queres ser filósofo, escreve romances.
Albert Camus

Que diversidade, que transformação e que interesse haveria nos livros, se as pessoas escrevessem nada mais do que aquilo que pensam.
Luc de Clapiers, marquês de Vauvenargues

Há duas categorias de seres inteligentes: aqueles cujo espírito irradia-se e aqueles que brilham; os primeiros iluminam o ambiente, os segundos o mergulham nas trevas.
Marie von Ebner-Eschenbach

Ninguém se inicia realmente na doutrina de um filósofo a não ser lendo suas obras e não recorrendo a relatórios de segunda mão...

Além disso, a leitura das obras dos verdadeiros filósofos também exerce uma influência benfazeja e útil sobre o espírito: ela o põe em relação direta com um cérebro superior que pensa por si mesmo, enquanto essas histórias da filosofia dão-lhe simplesmente o impulso que pode ser comunicado por uma pesada mente comum que tenha organizado as coisas à sua maneira.
Arthur Schopenhauer

É o menor possível o número de pessoas que se encontram entre os espíritos produtivos e os espíritos que têm sede de receber! Pois os *intermediários* falsificam quase involuntariamente o alimento que transmitem: além disso, como recompensa de sua mediação, pedem demais *para si*: interesse, admiração, tempo, dinheiro e outras coisas, de que ficam, portanto, privados os espíritos originais e produtivos.
Friedrich Nietzsche

Vede essas pessoas magras, tristes e melancólicas que se aplicam ao estudo da filosofia ou a alguma outra coisa difícil e séria; sua alma, continuamente agitada por uma multidão de pensamentos diversos, influi sobre seu temperamento; os espíritos se dissipam em enorme quantidade, a umidade radical seca e em geral elas se tornam velhas antes de terem sido jovens.
Erasmo de Rotterdam

A possibilidade de se levar a filosofia a sério é algo em que, de modo geral, quem a ensina acredita menos que ninguém...
Arthur Schopenhauer

Só há inteligência onde o coração entende.

Alain Ayache

Minha filosofia é toda do coração, e não de espírito.

Louis Pasteur

O universo é o casulo de cada um, e o coração é o tesouro.

Hubert Reeves

... A sublime razão só é sustentada pelo mesmo vigor da alma que constitui as grandes paixões, e ninguém serve dignamente a filosofia a não ser com o mesmo fogo que se sente por uma amante.

Jean-Jacques Rousseau

Com que meio obtiveste o conhecimento?
Com um eu nu e um estômago faminto.

Abu Yazid Bistami

Devem envergonhar-se o vão filósofo e o artista inútil que não põem seu sangue e seu coração no estilo.

Victor Hugo

As verdades descobertas pela inteligência permanecem estéreis. Só o coração é capaz de fecundar os sonhos.

Anatole France

A inteligência é sempre lograda pelo coração.

François de La Rochefoucauld

As verdades são ilusões que esquecemos que são ilusões.

Friedrich Nietzsche

Aquilo em que todos acreditam sempre e em todos os lugares tem todas as chances de ser falso.

Paul Valéry

A Verdade é como o sol brilhante.
Ao vê-la, ficamos convencidos.
Precipita-se para a sua perda quem exige prova
diante da evidência.

Abu Yazid Bistami

O verdadeiro filósofo é aquele que, só por efeito da razão, se coloca no ponto aonde o comum dos homens só chega pelo benefício do tempo.

Antoine Rivarol

Admiro todos os nossos grandes filósofos! Nós outros temos a experiência, que está sempre a retificar e modificar nossas ideias, e vemos constantemente, por assim dizer, que a natureza, em suas menores manifestações, é feita de modo diferente daquele que havíamos pressentido. E eles, que adivinham sempre, situados como estão atrás do véu espesso do começo e do fim de todas as coisas, como fazem para saber?

Louis Pasteur

Há quem diga que existe uma Filosofia
Que tudo nos explica e sem revelação,
E que através da vida ela sempre nos guia
Em meio à indiferença e à religião.
Que seja. – Os que criais sistemas, onde estais,
Que sabeis, sem a fé, encontrar a verdade,
E que, além de vós, em nada acreditais?
Qual o vosso argumento e qual a autoridade?
Um me demonstra aqui dois princípios em guerra,
Que jamais vão morrer, e a vencer se revezam;
Outro acha no céu, bem distante da terra,
Um imprestável deus que os altares despreza.
E enquanto Platão sonha, e pensa o Estagirita,
Escuto e, aplaudindo, eu sigo a minha via.
Num reinado absoluto um rei tirano fito,
De um deus republicano há quem fale hoje em dia.
Pitágoras, Leibniz transmudam o meu ser.

Descartes me abandona em meio a turbilhões.
Montaigne se remói sem se reconhecer.
Pascal foge a tremer de suas próprias visões.
Pirro me deixa cego, e Zenão, insensível.
Voltaire derruba tudo o que de pé achar.
Spinoza se cansou de tentar o impossível,
Em vão busca seu deus, que está em todo lugar.
Para o sofista inglês, o homem é maquinal.
Por fim das brumas sai um retor alemão
Que dá ao filosofismo o seu golpe fatal,
Pois vazio vê o céu, e o nada é a solução.

Ruínas essas são da humana ciência!
E após milênios tais de intenso duvidar,
Após tanto cansaço e tanta persistência,
Eis o dito final que nos resta acatar!
Ah! Míseros sandeus, miolos miseráveis.
Que de maneiras mil sempre tudo explicastes,
Para subir aos céus, duas asas precisáveis;
Desejo vos sobrou, foi na fé que minguastes.
Esse orgulho vem d'alma a sangrar – vos lamento.
Também sentis a dor que me traz tão aflito,
Conheceis o amargor desse imenso tormento
Em que o homem vacila ao olhar o infinito.
Exorcizai comigo essa miséria atroz,
Essas contas pueris, que é trabalho baldado.
O corpo vosso agora está volvido em pó,
E no túmulo vosso, encontro-me ajoelhado.
Vinde, mestres da ciência e retores pagãos,
Sonhadores, cristãos de ontem, de hoje, oremos;
Um grito de esperança é sempre a oração.
Para Deus responder, falar-lhe nós devemos.
Ele é justo, ele é bom; decerto perdoará.
Sofrestes todos vós, e que o resto se esqueça.
Se for deserto o céu, ninguém se ofenderá;
Se alguém nos escutar, de nós se compadeça.

Alfred de Musset

Há uma filosofia que nos eleva acima da ambição e da fortuna, que nos iguala – mas, que digo? –, que nos põe acima dos ricos, dos grandes e dos poderosos; que nos faz desprezar os cargos e aqueles que os propiciam; que nos exime de desejar, de pedir, de rogar, de solicitar, de importunar, e que nos poupa até da emoção e da excessiva alegria de sermos atendidos. Há outra filosofia que nos submete e sujeita a todas essas coisas em prol de nossos próximos ou de nossos amigos: essa é a melhor.
Jean de La Bruyère

Quem é mais feliz?
Os deuses sabem: pois veem o coração dos filósofos, o dos reis e o dos pastores.

Montesquieu

Filosofar nada mais é do que outro modo de ter medo e só conduz a covardes simulacros.

Louis-Ferdinand Céline

Se o maior filósofo do mundo estiver numa tábua mais larga do que o necessário e tiver abaixo um precipício, embora a razão o convença de que está seguro, sua imaginação prevalecerá. Muitos deles não conseguiram conter o pensamento sem empalidecer nem suar.

Blaise Pascal

Os verdadeiros políticos conhecem melhor os homens do que aqueles que se dedicam ao ofício da filosofia; quero dizer que eles são filósofos mais verdadeiros.

Luc de Clapiers, marquês de Vauvenargues

Felizes seriam os Estados se os filósofos fossem soberanos, ou se os soberanos fossem filósofos.

Platão

Se examinarmos a história, veremos que o Estado nunca foi tão mal governado quanto nos períodos em que o poder esteve nas mãos de filosofastros ou escrevinhadores.

Erasmo de Rotterdam

A virtude produz o repouso; o repouso, a ociosidade; a ociosidade, a desordem; e a desordem, a ruína dos Estados; e logo do seio de sua ruína renasce a ordem; da ordem, a virtude; e da virtude, a glória e a prosperidade do império. Por isso, os homens esclarecidos observaram que as letras vêm depois das armas e que os generais nascem antes dos filósofos. Depois que exércitos bravos e disciplinados trouxeram a vitória, e a vitória trouxe o repouso, o vigor dos espíritos, até então ocupados com guerras, não pode afrouxar-se em ociosidade mais honrosa do que a das letras.
Nicolau Maquiavel

A mediocridade de espírito e a preguiça fazem mais filósofos do que a reflexão.
Luc de Clapiers, marquês de Vauvenargues

Pobre nação em que o estadista é uma raposa, o filósofo é um malabarista, e a arte é uma arte do remendão e do imitador.
Khalil Gibran

As nações só têm grandes homens a contragosto, como as famílias.
Elas fazem de tudo para não os ter. E assim, para existir, o grande homem precisa ter uma força de ataque maior do que a força de resistência desenvolvida por milhões de indivíduos.
Charles Baudelaire

Os grandes homens morrem duas vezes: uma vez como homens e uma vez como grandes.
Paul Valéry

O filósofo é aquele que dialoga consigo e com os outros, para superar efetivamente essa oscilação. Esse é seu dever de estado, tal é seu dever em relação à cidade.
Raymond Aron

Duas coisas mostram ao homem toda a sua natureza: o instinto e a experiência.
Blaise Pascal

O filósofo fará bem seu trabalho se conseguir criar verdadeiras dúvidas.
> **Morris Raphael Cohen**

Apressemo-nos em tornar a filosofia popular. Se quisermos que os filósofos caminhem na frente, abordemos o povo do ponto onde estão os filósofos.
> **Denis Diderot**

Ouvir um rouco cantar, ver um paralítico dançar é bem penoso; mas encontrar uma mente tacanha a filosofar é coisa insuportável.
> **Arthur Schopenhauer**

Nunca um filósofo, em seus aspectos positivos, carregou o povo atrás de si. Porque vive no culto do intelecto.
> **Friedrich Nietzsche**

Gosto do espírito daqueles que não podem ser chamados precisamente de espirituosos. Seu espírito se manifesta pela maneira correta de pensar, sentir e exprimir-se. De resto, não sabem nada, não conseguiram fazer versos e não são lá muito amáveis, mas são corretos e claros.
> **Charles Joseph,** príncipe de Ligne

Não temos filosofia popular nobre, porque não temos conceito nobre do povo.
> **Friedrich Nietzsche**

Vi homens incapazes para as ciências, mas nunca vi homens incapazes para as virtudes.
> **Voltaire**

Quem abrir um livro de algum filósofo de verdade, de qualquer época, de qualquer país, Platão ou Aristóteles, Descartes ou Hume, Malebranche ou Locke, Spinoza ou Kant, sempre encontrará um espírito rico em pensamentos, que possui o conhecimento e inicia no conhecimento, e que, sobretudo, se esforça sempre sinceramente para comunicar-se com os outros; por isso, ele recompensa imediatamente seu leitor, a cada linha, pela fadiga de ler.

Arthur Schopenhauer

Os que nasceram eloquentes às vezes falam com tanta clareza e brevidade sobre grandes coisas, que a maioria das pessoas não imagina que falam com profundidade.

Os espíritos rígidos, os sofistas, não reconhecem a filosofia, quando a eloquência a populariza e ousa pintar a verdade com traços altivos e ousados. Tacham de superficial e frívolo esse esplendor de expressão que traz em si a prova dos grandes pensamentos. Querem definições, discussões, detalhes e argumentos.

Luc de Clapiers, marquês de Vauvenargues

Nada é mais fácil do que escrever de tal modo que ninguém compreenda.

Nada é mais difícil, por outro lado, do que exprimir os pensamentos importantes que devem ser entendidos por todos.

Arthur Schopenhauer

Podemos dividir os pensadores entre os que pensam por si mesmos e os que pensam pelos outros. Estes são a regra; aqueles, a exceção.

Arthur Schopenhauer

A filosofia, tanto quanto a arte e a poesia, deve buscar sua fonte na ideia real do mundo: sem dúvida, a cabeça deve permanecer elevada, mas não deve ser tão fria que no fim o homem inteiro, coração e cabeça, deixe de entrar em ação e de ser profundamente envolvido. Filosofia não é álgebra.

Arthur Schopenhauer

A poesia é o herói da Filosofia. A Filosofia eleva a poesia à categoria dos princípios.

Friedrich Novalis

Uma coisa é verdade em poesia, outra coisa em filosofia. Para ser verdadeiro, o filósofo deve conformar seu discurso à natureza dos objetos; o poeta, à natureza de seus caracteres.

Denis Diderot

Quanto mais inacessível e inapreensível pela inteligência uma obra poética, melhor ela é.

Johann Wolfgang von Goethe

Existe um lógica para a poesia. Não é a mesma da filosofia. Os filósofos não são tão filósofos quanto os poetas. Os poetas têm o direito de considerar-se superiores aos filósofos...
Os poetas trazem em si o pensador.

Isidore Ducasse, conde de Lautréamont

Como são sábios os poetas que são levados pelo acaso de uma rima a descobrir um universo!

Henri Poincaré

Esses raciocinadores tão comuns, incapazes de elevar-se até a lógica do Absurdo.

Charles Baudelaire

Um poeta é um mundo encerrado num homem.

Victor Hugo

A poesia é o real absoluto. Quanto mais poesia houver, mais verdade haverá.

Friedrich Novalis

Os poetas devem ser o grande estudo do filósofo que queira conhecer o homem.

Joseph Joubert

O poeta que filosofa é profeta.

Friedrich von Schlegel

... Feliz se há de achar quem com asas robustas
Pode sobrevoar campos claros, serenos.

E cujo pensamento, ao romper da alvorada,
Tal como a cotovia, ao céu sai a voar,
Quem plana sobre a vida consegue captar
A linguagem da flor e das coisas caladas.

Charles Baudelaire

O caminho que leva à verdade é escarpado e longo; não há como trilhá-lo com grilhões nos pés; caberia mais ter asas.

Arthur Schopenhauer

A verdade é mais forte do que a eloquência; o saber, superior à erudição.

Martinho Lutero

Vivemos numa época em que se lê demais para chegar à sabedoria e em que se pensa demais para chegar à beleza.

Oscar Wilde

Mesmo que um dia se eleve até a realização plena, a filosofia não substituirá as outras artes no conhecimento da própria essência do mundo. Sempre precisará delas como comentário necessário.

Arthur Schopenhauer

As duas mais belas conquistas do homem sobre si mesmo são o salto mortal e a filosofia.

Jules Huot de Goncourt

Nos filósofos, quantas ocupações supérfluas, distantes da vida!
Rebaixaram-se a ponto de classificar sílabas e tratar das propriedades das conjunções e das preposições. Com inveja dos gramáticos e dos geômetras, transferiram para si todos os elementos inúteis a estes.
Resultado: sabiam mais falar do que viver!

Sêneca

A filosofia é essencialmente inatual porque pertence às raras coisas cujo destino é nunca poder encontrar ressonância imediata em sua própria época e nunca sequer ter o direito de encontrar ressonância alguma.

Martin Heidegger

A investigação e a observação, a filosofia e a experiência nunca devem desprezar-se nem excluir-se mutuamente, pois são fiadoras uma da outra.

Carl von Clausewitz

A melhor filosofia, no que diz respeito ao mundo, é aliar o sarcasmo da alegria com a indulgência do desprezo.

Nicolas de Chamfort

Rir é a melhor das filosofias.

Alina Reyes

Pouca filosofia leva a subestimar a erudição; muita filosofia leva a estimá-la.

Nicolas de Chamfort

Os homens de letras que prestaram mais serviços ao pequeno número de seres pensantes espalhados pelo mundo são os que trabalharam isolados, os verdadeiros doutos, que ficaram fechados em seus gabinetes, que não argumentaram nos bancos da Universidade nem disseram coisas pela metade nas Academias: e esses quase sempre foram perseguidos.

Voltaire

Inclino-me cada vez mais a achar que seria melhor a filosofia deixar de ser um ofício e de intervir na vida burguesa sob a égide de professores.

É uma planta que, tal como a rosa dos Alpes e a campânula, só prospera ao ar livre das montanhas e morre quando cultivada artificialmente.

Arthur Schopenhauer

Em filosofia, é preciso desconfiar daquilo que acreditamos entender depressa demais, assim como das coisas que não entendemos.

Voltaire

Filosofia é encontrar más razões para aquilo que se acredita em virtude de outras más razões.

Aldous Leonard Huxley

Ó arte admirável! Sabes medir o que é redondo, sabes reduzir a um quadrado todo e qualquer figura proposta, conheces a distância entre os astros. Nada existe que não possas medir. Se és forte, mede um pouco a alma do homem, dize-me qual é sua grandeza, diz-me qual é sua pequeneza. Sabes o que é uma reta. Para quê, se ignoras o que na vida é retidão?

Sêneca

Não se ensina aos homens a honestidade; ensina-se todo o resto; e eles nunca se gabam de saber nada do resto, como de serem honestos. Gabam-se de saber a única coisa que não aprenderam.

Blaise Pascal

Quanto mais inteligência tem alguém, mais homens originais descobre. As pessoas comuns não veem diferença entre os homens.

Blaise Pascal

Só aprovamos os outros pelas relações que sentimos que eles têm conosco; e parece que estimar é igualar os outros a nós.

Jean de La Bruyère

Que fazer entre malévolos que falam a esmo o mal de que não têm certeza, e amigos que calam com prudência o bem que sabem?

Conde de Rivarol

Se vierem dizer-te que alguém falou mal de ti, não te justifiques do que te contam, mas responde: "Ele só pode ignorar todos os outros meus defeitos, para só falar desses que conhece."
Marco Aurélio

Ama os homens em geral, mas dá preferência aos homens de bem. Esquece as injúrias, mas nunca os benefícios.
Voltaire

Quando a estupidez ofende a inteligência, então a inteligência tem o direito de comportar-se estupidamente.
Ben Gourno

Se examinarmos nosso pensamento, veremos que ele está sempre ocupado com o passado e com o futuro. Quase não pensamos no presente; e, se pensamos, é só para que ele nos ilumine o modo de dispor o futuro. O presente nunca é nosso objetivo; o passado e presente são nossos meios; só o futuro é nosso objeto.
Voltaire

Os desejos do homem são insaciáveis: é da sua natureza querer e poder desejar tudo, enquanto sua fortuna limita os meios de adquiri-lo. Daí resulta um descontentamento habitual, um profundo aborrecimento com o que possui; é o que o faz reclamar do presente, louvar o passado e desejar o futuro, tudo isso sem nenhum motivo razoável.
Nicolau Maquiavel

É assim que os ensinamentos dos filósofos afastam o homem das emoções. Eles não se sentirão prostrados como animais pela tristeza ou pela alegria, como ocorre com as pessoas comuns.

Do mesmo modo, graças à moral e aos ensinamentos éticos, olha-se o mundo e o que ele contém com outros olhos, quer se trate de felicidade ou de infelicidade, pois no fundo esses dois estados não existem.

Por isso, não devemos pensar demais nisso, nem para nos alegrar, nem para nos entristecer, pois sua grandeza está apenas

em nossa imaginação. Depois de uma análise real, percebemos que são uma pilhéria, uma brincadeira que passa como a noite.
Moisés Maimônides

Temos agradabilíssimo remédio na filosofia; pois dos outros só sentimos o prazer depois da cura, mas este agrada e cura ao mesmo tempo.
Michel Eyquem de Montaigne

Raramente podemos confiar nos homens, mas frequentemente devemos confiar em seus interesses.
Cristina da Suécia

Estamos dissecando moscas – diz o filósofo –, medindo as linhas, juntando números; estamos de acordo sobre dois ou três pontos que entendemos e brigamos por dois ou três mil que não entendemos.
Voltaire

Aqueles que, no sentido direto do termo, se põem a filosofar exercitam-se para morrer.
Platão

O corpo é o túmulo da alma para aquele que não sabe abrir-se.
Platão

E enquanto não entenderes
Isto: Morre e vem a ser!
Não passarás de obscuro hóspede
Nesta terra tenebrosa.
Johann Wolfgang von Goethe

Conhecer é subir ao céu e ver, ou então mergulhar em si mesmo para receber o céu e lembrar-se.

Pitágoras

Ser profeta ou filósofo é ver acima do insignificante, do tumulto dos elementos, alguma coisa nova, inalterável, maravilhosa e eterna, e anunciá-la.

Grigorij Skovoroda

Os grandes pensadores, sejam eles reformadores, poetas ou filósofos, não são produto do pensamento nacional; ao contrário, é o pensamento nacional que é ou pode ser produto dos grandes pensadores, pois estes últimos fixam o ideal por atingir, e, ao longo dos tempos, o povo se alça a esse nível ou, segundo as circunstâncias, não o atinge.

Pitágoras

Os homens que estão despertos vivem todos no mesmo mundo; os homens que ainda estão dormindo vivem cada um num mundo diferente.

Heráclito

Nunca estamos em nós. Estamos sempre além. O medo, o desejo e a esperança nos lançam para o futuro e nos furtam o sentimento e o conhecimento daquilo que existe, para nos distrair com o que existirá, talvez até quando já não existirmos.

Michel Eyquem de Montaigne

Desde o Filho do Céu até o mais humilde indivíduo, todos devem cultivar-se, cultivar a natureza das coisas, conhecer-se e conhecer os homens.

Confúcio

Como podemos aprender a conhecer-nos?
Pela meditação nunca, mas sim pela ação.
Tenta cumprir teu dever e saberás imediatamente o que vales.
Mas qual é teu dever? É o que o momento presente exige de ti.

Johann Wolfgang von Goethe

O homem nada mais é do que a série de seus atos.

Georg Wilhelm Friedrich Hegel

Agir é fácil, saber é difícil.

Provérbio chinês

O homem conhece o mundo à medida que se conhece: sua profundeza se revela a ele à medida que ele se surpreende consigo e com sua própria complexidade.

Friedrich Nietzsche

Ninguém poderá revelar-vos nada a não ser o que já repousa entredormindo na aurora de vosso conhecimento.

Khalil Gibran

As pessoas não deveriam estar sempre pensando tanto no que devem fazer, mas sim no que devem ser. Se fossem apenas boas e seguissem sua natureza, suas obras poderiam brilhar com intensa claridade.

Mestre Eckhart

Vai sempre pelo caminho mais curto, e o mais curto é aquele que segue a natureza. Eis por que se deve agir e falar em tudo do modo mais natural. Tal linha de conduta te livrará da ênfase, do exagero e do estilo figurado e artificial.

Marco Aurélio

O conhecimento puro é desconhecido por todos os que não estão despojados de seu eu e de todas as coisas materiais.

Mestre Eckhart

Para realizar-se, é indispensável que um ser aprenda a diferenciar-se da aparência que encarnou aos olhos dos outros e a seus próprios olhos...

Carl Gustav Jung

Tudo o que emancipa nosso espírito sem nos dar autodomínio é funesto.

Johann Wolfgang von Goethe

Se um coisa te parecer inacessível, não deduzas daí que ela é inacessível aos homens.

E se essa mesma coisa é inacessível aos outros, convence-te que ela é realizável.

Avicena

Como pensadores só deveríamos falar de autoeducação. A educação da juventude, dirigida pelos outros, ou é uma experiência empreendida sobre algo desconhecido e incognoscível, ou é um nivelamento por princípio, para conformar o ser novo, seja lá o que ele for, aos hábitos e aos usos reinantes: nos dois casos, é algo indigno do pensador, é a obra dos pais e dos pedagogos, que um homem leal e audacioso (Mérimée) chamou de "nossos inimigos naturais". Somos educados durante muito tempo segundo as opiniões do mundo e acabamos um dia por nos descobrir: então começa a tarefa do pensador, e está na hora de pedir sua ajuda, não como educador, mas como aquele que se autoeducou e tem experiência.

Friedrich Nietzsche

O que se deve estimar não é transpirar como as plantas, respirar como os animais domésticos e selvagens, ser impressionado pela imaginação, ser movido como títere pelos impulsos, agrupar-se em bandos, alimentar-se, pois tudo isso é da mesma ordem da excreção dos resíduos alimentares.

O que será então digno de estima? Ouvir que nos batem palmas? Não. Tampouco ouvir o bater de línguas para aplaudir-nos, pois as felicitações da multidão não passam de batidas de língua. Portanto, assim também terás repudiado a gloríola.

Que resta então digno de estima? Parece-me que é: regrar as atividades e o repouso de acordo como nossa própria constituição, objetivo ao qual também tendem os estudos e as artes. Toda arte de fato tende a que a constituição seja convenientemente apropriada à obra para a qual foi constituída. O vinhateiro que cultiva a vinha, o domador de cavalos e o adestrador de cães buscam esse resultado. Pelo que se esforçam os métodos de educação e de ensino? Eis aí o que é digno de estima.

E, se chegares a isso, não te reservarás para nenhuma outra coisa.

Marco Aurélio

O homem só toma consciência de seu ser nas situações-limite.
Karl Jaspers

Aquele que reconhece conscientemente seus limites está mais próximo da perfeição.
Johann Wolfgang von Goethe

Nunca devemos perder o ponto de vista daquilo que acreditamos ser, daquilo que queremos ser e daquilo que somos.
Marguerite Yourcenar

Cada um tem o senso daquilo que deveria existir, do que poderia existir, do que ele deveria ser. Não levar em conta essa intuição, desviar-se ou afastar-se dela é trilhar a via errada, enveredar pelo caminho do erro e, num prazo maior ou menor, desembocar na doença.
Carl Gustav Jung

Não saber estimar a vida, toda a vida, não saber compreendê-la, é não merecer a vida.
Leonardo da Vinci

O inconsciente tem melhores fontes de informação do que o consciente.
Carl Gustav Jung

Somos equilibristas na corda bamba, mesmo quando acreditamos estar andando no chão. Quem tiver essa imagem na cabeça nunca perderá o equilíbrio.
Alain Ayache

Os seres aos quais servimos de apoio são nosso apoio na vida.
Marie von Ebner-Eschenbach

Para a filosofia, a pobreza é uma ajuda que não se aprende nos livros: o que a filosofia tenta inculcar com discursos, a pobreza obriga a entender pelos fatos.
Diógenes

Somos tão presunçosos que acreditamos conseguir separar nosso interesse pessoal do interesse da humanidade e falar mal do gênero humano sem nos comprometer. Essa vaidade ridícula encheu os livros dos filósofos de invenctivas contra a natureza. O homem caiu em desgraça para todos os que pensam, que competem para ver quem lhe atribui mais vícios. Mas talvez ele esteja para se reerguer e ganhar de volta todas as suas virtudes, pois a filosofia tem suas modas, assim como as roupas, a música e a arquitetura.

Luc de Clapiers, marquês de Vauvenargues

Esse pensador não precisa de ninguém para refutá-lo: ele mesmo se encarrega disso.

Friedrich Nietzsche

Os verdadeiros pensadores procuraram o conhecimento pelo conhecimento, porque aspiravam ardentemente a entender de algum modo o mundo no qual viviam; mas não o procuraram para ensinar e tagarelar.

Arthur Schopenhauer

Os homens não sentem vergonha de terem alguns maus pensamentos, mas sim de imaginarem que estes maus pensamentos lhe são atribuídos.

Friedrich Nietzsche

Os maus têm cúmplices, os voluptuosos têm companheiros de devassidão, os interesseiros têm sócios, os políticos têm sequazes, os homens comuns e ociosos têm relações, os príncipes têm cortesãos e os homens virtuosos só têm amigos.

Voltaire

Quando haverá lógicos, filósofos que dormem?

André Breton

Deixas de dormir para aprender filosofia; melhor seria estudar filosofia para aprender a dormir.

Montesquieu

Sabes que, como regime filosófico, abstenho-me escrupulosamente de leitura, para melhor proteger de qualquer alteração a minha originalidade característica.

Auguste Comte

Cada olhar para este mundo que o filósofo tem por dever esclarecer confirma e prova que a vontade de viver, que está muito longe de ser uma hipótese qualquer ou uma palavra vazia de sentido, é a única expressão real do ser mais íntimo do universo.

Tudo impele, tudo se ativa em direção à existência, se possível à existência orgânica, ou seja, em direção à vida e a uma possível elevação desta última.

Arthur Schopenhauer

Que deve fazer o filósofo?
Em meio à agitação, dar ênfase ao problema da existência, sobretudo aos problemas eternos.
O filósofo deve reconhecer o que faz falta, e o artista deve criá-lo.

Friedrich Nietzsche

Criar é o único domínio em que é preciso desapossar-se para enriquecer.

Voltaire

A obra é sagrada quando o coração do artesão está fixado no Altíssimo.

Bhagavad-Gita

Ter pensamentos não faz parte do modo humano de ser, mas do divino.

Heráclito

As ideias vêm de Deus.

Albert Einstein

Por que esse Filósofo teima,
Cabelo em pé, olhos brilhantes,
Em nos apresentar problemas,
Ao Todo-Poderoso a lançar Anátemas,
A gritar "escutai-me!" em tom mais do que arrogante:

"Senhores,
Ouvi, vós deveis crer (nisso não há dilema)
Só a matéria", – e não em Deus?...
Filósofo insensato, estúpido, blasfemas!
Nossa fé podes abalar?
Ao nos mostrares tão irracional sistema,
Achas que só em ti se vai acreditar?

Victor Hugo

É nas épocas de grande perigo – quando a roda gira cada vez mais depressa – que os filósofos aparecem: eles e a arte assumem o lugar do mito em desaparecimento.

Friedrich Nietzsche

Toda civilização florescente tende a tornar o filósofo inútil.
Friedrich Nietzsche

Qual foi o mais belo século da filosofia? Aquele em que ainda não havia filósofos.

Provérbio chinês

Filosofia e devir do homem

O filósofo é testemunho de seus contemporâneos e, por intermédio deles, também deve tentar descobrir, compreender e interpretar os princípios da vida.

Ele procura dar sentido ao homem em sua época, mas também em sua relação com o universo.

Ser filósofo é não ceder à ditadura de sua mente, de seu ego, de tudo o que nos ensinaram, transmitiram, porém saber manter autonomia de pensamento, um pensamento maduro, enraizado na verdade de seu ser.

Então, apenas o filósofo poderá brilhar à luz de sua própria vivência, de sua própria experiência.

Como desprezo esses filósofos que, medindo os conselhos de Deus por seus próprios pensamentos, fazem-no autor apenas de certa ordem geral a partir da qual o resto se desenvolve como pode.

Jacques Bénigne Bossuet

A filosofia é essencialmente a sabedoria do mundo; seu problema é o mundo. Ela trata apenas dele, deixa os deuses em paz. Mas espera que estes, em troca, também a deixem em paz.

Arthur Schopenhauer

Os estoicos dizem: "Voltai-vos para vós mesmos,
onde encontrareis repouso".
E isso não é verdade...
Os outros dizem: "Deveis sair em busca da felicidade,
na diversão".
E isso não é verdade...
A felicidade não está fora de nós nem em nós;
está em Deus,
fora e dentro de nós.

Blaise Pascal

Quando a filosofia fala de Deus, trata-se tão pouco do deus no qual a maioria dos homens pensa que, se por milagre, contrariando o que pensam os filósofos, o Deus assim definido descesse para o campo da experiência, ninguém o reconheceria.

Henri Bergson

A filosofia até mostra que há um deus, mas é importante para nos ensinar o que ele é, o que faz, como e por que o faz. Seria preciso ser ele mesmo para saber.

Voltaire

Todo conceito formado pelo entendimento, ao tentar atingir e discernir a Natureza divina, só consegue configurar um ídolo de Deus, sem levar ao seu conhecimento.

São Gregório de Nissa

Enquanto houver doutrina, não poderá haver compreensão total.

Ma Ananda Moyi

A filosofia consiste em vigiar o deus interior.

Marco Aurélio

Quanto mais te dedicas à filosofia, mais te dedicas ao estudo do pensamento e mais te afastas da vida.

Provérbio chinês

É o coração que sente Deus, não a razão.

Blaise Pascal

Quando nos reduzimos a fazer filosofia religiosa, é porque já não há religião; quando fazemos filosofia da arte, é porque já não há arte.

Charles Forbes, conde de Montalembert

Um pouco de filosofia inclina ao ateísmo, mas o aprofundamento da filosofia leva à religião.

Francis Bacon

É bom nascer numa religião, mas não morrer.

Krishnamurti

Toda boa filosofia moral é serva da religião.

Francis Bacon

Nunca é demais repetir que todos os dogmas são diferentes e que a moral é a mesma em todos os homens que fazem uso da razão. A moral, portanto, vem de Deus, assim como a luz.

Voltaire

Todos os dias há gente que abandona a igreja e volta para Deus.

Lenny Bruce

Que é Deus? Pergunta que se faz às crianças e à qual os filósofos têm tanta dificuldade para responder.

Denis Diderot

Deus fez tudo a partir de nada, mas o nada transparece.

Paul Valéry

Quem quiser progredir em filosofia e em religião, que se deixe interrogar por uma criança. Nem sempre será possível responder-lhe, mas ela levará à descoberta da verdade: pois a Verdade está sempre velada. A criança tira o véu.

Martin Heidegger

Deus é a grande descoberta da humanidade...

A descoberta de Deus é o marco da hominização, que retirou o homem da animalidade.

Suscitou a vocação de homem e definiu sua finalidade, que é compreeender o macrocosmo.

Pierre Paul Grassé

Tal qual o corpo humano
      é o corpo cósmico
Tal qual o espírito humano
      é o espírito cósmico
Tal qual o microcosmo
      é o macrocosmo
Tal qual o átomo
      é o universo.

Upanishad

Nunca uma pessoa desejou tanto alguma coisa quanto Deus deseja levar uma pessoa a conhecê-Lo.

Deus está perto de nós, mas nós estamos muito longe dEle.

Deixai que Deus seja Deus em vós.

Mestre Eckhart

Os filósofos até agora só interpretaram de diversas maneiras o mundo; agora é preciso transformá-lo.

Karl Marx

Tudo está em transformação. Tu mesmo estás em transformação contínua e, em certos aspectos, de dissolução; o mesmo ocorre com o universo inteiro.

Marco Aurélio

Transforma tua razão em intuição organizada; que tudo em ti seja luz. Esse é teu objetivo.

Sri Aurobindo

Um homem unicamente racional é uma abstração; ele nunca é encontrado na realidade. Todo ser humano é constituído ao mesmo tempo por sua atividade consciente e por suas experiências irracionais.

Mircea Eliade

Teme-se a transformação? Mas, sem a transformação, o que pode ocorrer? Que haverá de mais caro e familiar à natureza universal?

Tu mesmo: acaso podes tomar banho quente, sem que a madeira tenha sofrido alguma transformação? Podes alimentar-te, sem que os alimentos tenham sofrido alguma transformação? Não vês então que tua própria transformação é um fato similar e similarmente necessário à natureza universal?

Marco Aurélio

Considera sempre que tudo o que nasce provém de uma transformação e acostuma-te a pensar que aquilo de que a natureza universal mais gosta é transformar o que existe para formar novos seres semelhantes. Todo ser, de algum modo, é a semente do ser que deve sair dele. Mas com o nome de semente só conheces aquelas que são jogadas na terra ou no útero: é ser ignorante demais.

Marco Aurélio

Toma primeiro consciência de ti mesmo por dentro, depois pensa e age...

Sri Aurobindo

Tudo o que somos é resultado do que já pensamos, alicerça-se em nossos pensamentos, é feito de nossos pensamentos.
Se um homem fala ou age com um pensamento malévolo, o sofrimento o persegue, assim como a roda da carroça persegue o casco do cavalo que a puxa.
Se um homem fala ou age com um pensamento puro, a felicidade o persegue como sombra que não o deixa jamais.

Dhammapada

Não é porque as coisas nos parecem inacessíveis que não ousamos; é porque não ousamos que elas nos parecem inacessíveis.

Sêneca

Devemos ter por certo um ponto de pureza original que existe em todos os seres, mesmo nos que nos parecem mais indignos.

Georges Roux

A idade enfraquece o caráter; é como a árvore, que produz apenas alguns frutos degenerados, mas sempre da mesma natureza; ela se cobre de nós e de musgo, cria brocas, mas é sempre carvalho ou pereira. Se pudéssemos mudar nosso caráter, estaríamos nos dando um caráter, seríamos senhores da natureza. Podemos nos dar alguma coisa? Acaso não recebemos tudo? Tentai animar o indolente com uma atividade contínua, imobilizar pela apatia a alma fervilhante do impetuoso, inspirar gosto pela música e pela poesia em quem não tem gosto nem ouvido: vosso sucesso não será maior do que quem tentasse dar a visão de um cego de nascença. Nós nos aperfeiçoamos, nos abrandamos, escondemos o que a natureza pôs em nós, mas não introduzimos nada.

Voltaire

Um ser só cresce aumentando sua consciência, e sua consciência aumenta à medida que ele cresce. Há aí trocas admiráveis; e assim como o amor é insaciável de amor, toda consciência é insaciável de extensão, de elevação moral, e toda elevação moral é insaciável de consciência.

Maurice Maeterlinck

Visto que é um ser pensante, o homem tem naturalmente a necessidade e o dever de, na medida do possível, levar também à consciência objetiva essa fé que vive sem provas em sua consciência íntima.

Karlfried Graf Dürckheim

Sem nós, sem uma consciência para testemunhar a si mesma, o universo não poderia ter existência: nós somos o próprio universo, sua vida, sua consciência, sua inteligência.

Jean Guitton

Todo saber nasce da separação, da delimitação, da restrição; não há saber absoluto de um todo.

Friedrich Nietzsche

Acredito que o homem sonha unicamente para não parar de enxergar; pode ser que um dia a luz interior brote de nós, de tal modo que nenhuma outra nos seja necessária.
Johann Wolfgang von Goethe

Caminhamos para nosso estado divino final, por mais graves que sejam as crises, por mais amargos que sejam os fracassos aparentes, por mais longa que seja a subida de evolução.
Dane Rudhyar

Se evoluímos, é porque trabalhamos para isso, porque nos amamos. E é por nosso amor pelos outros que os ajudamos a elevar-se. É a evolução em progresso. A força da evolução, presente em toda vida, manifesta-se no homem por meio do amor. No seio da humanidade, o amor é força miraculosa que desafia a lei natural da entropia.
Scott Peck

O homem Desperto é uma lâmpada na noite.
Quem não enxerga a chama é cego.
Osho Rajneesh

A grandeza do homem está em ser uma ponte, e não um fim: o que se pode amar no homem é que ele é transição e queda.
Friedrich Nietzsche

Vivemos neste mundo para avançar sempre cada vez mais.
Wolfgang Amadeus Mozart

O degrau da escada não foi feito para descansarmos, mas apenas para apoiarmos o pé durante o tempo suficiente para pôr o outro pé um pouco mais acima.
Thomas Henry Huxley

A ideia de que Deus nos impele ativamente para Sua divindade põe-nos diante de nossa preguiça.
Scott Peck

Deus te deu a ferramenta do polimento, a Razão, para que com ela a superfície do coração possa tornar-se resplandecente.
Sufi Rumi

Na realidade, temos tudo dentro de nós.
Swami Prajnanpad

Cava dentro de ti. Dentro de ti está a fonte do bem, e uma fonte que pode sempre manar, se cavares sempre.
Marco Aurélio

[...] Uma semente encerra em si mais força em potência do que aquilo que a planta realizará e [...] em ti se encontra um potencial de espírito latente bem maior do que desconfias. Se quiseres libertá-lo, afasta a dúvida, a desconfiança, a ansiedade [...]
Rudolf Steiner

É preciso quebrar a casca para tirar o que há dentro dela, pois se queres o núcleo, deves quebrar a casca. Portanto, se quiseres descobrir a nudez da natureza, precisarás destruir seus símbolos, e quanto mais longe fores, mais te aproximarás da essência. Quando chegares ao Um, que reúne todas as coisas em Si, lá tua alma deverá permanecer.
Mestre Eckhart

A explosão do espírito mal começa; ela será a principal tarefa da era que se inicia diante de nós, assim como a exploração do globo foi a tarefa dos séculos passados.
Aldous Leonard Huxley

Se as portas da percepção fossem abertas, o homem veria todas as coisas como são: infinitas.
William Blake

Parece que antigamente éramos civilizados e instruídos...
Sabíamos falar com as árvores e com todas as plantas, com o povo alado, com os quadrúpedes, com os seres rastejantes, com os mamíferos e com o povo dos peixes.

Além disso, éramos todos capazes de comunicar-nos uns com os outros [...] formávamos um único e mesmo espírito. É isso o que se chama ser civilizado ou instruído. Depois, de alguma maneira nos afastamos desse conhecimento para nos tornarmos o que somos.
Wallace Black Elk

A essência de uma coisa não está contida numa só verdade, mas no acordo de todas as verdades entre si.
Rudolf Steiner

É indispensável que a humanidade formule um novo modo de pensar se quiser sobreviver e atingir um plano mais elevado.
Albert Einstein

... Tudo o que o pensamento me sugere eu posso fazer; tudo o que o pensamento revela em mim eu posso vir a ser.
Sri Aurobindo

O futuro não precisará de política e religião, mas de ciência e espiritualidade.
Jawaharlal Nehru

Precisamos aprender agora a viver praticando ao mesmo tempo a ciência e a poesia; precisamos aprender a ficar com os dois olhos abertos ao mesmo tempo.
Hubert Reeves

Só a arte e a ciência elevam o homem à divindade.
Aldous Leonard Huxley

O espírito ocidental vive a verdade com seus métodos e suas técnicas.
O espírito oriental vive a verdade apenas em suas tendências gerais.
O intercâmbio é necessário.
George Ivanovitch Gurdjieff

Pobre daquele que só se apoia no humano, nas convicções, nos preconceitos, nas prevenções.

Isaías

A maior felicidade do homem que reflete é, depois de ter procurado compreender o que se pode compreender, adorar o que é incompreensível.

Johann Wolfgang von Goethe

Assim como a parte terrestre de meu ser foi extraída de certa terra, como a parte úmida foi extraída de outro elemento, como a parte tomada ao ar foi extraída de outra fonte e como a parte constituída pelo calor e pelo fogo foi extraída de outra fonte específica – pois nada vem do nada, assim como nada retorna ao nada –, também a inteligência vem de algum lugar.

Marco Aurélio

O que nasceu da terra
à terra retorna,
mas o que germinou
de uma semente etérea
de novo
retorna para a abóbada celeste.

Eurípides

A filosofia contribui menos para o progresso das ciências do que as ciências para o progresso da filosofia...

Antoine Augustin Cournot

A ciência só aumenta nossa gaiola, não a abre.

Charles-Eugène de Foucauld

O homem, fruto último da Natureza – na Terra, se não alhures –, soube domesticar as energias físicas, mas se mostra bem impotente para controlar sua própria psique. Sua racionalidade lhe oferece bem pouca proteção quando as forças insconscientes transbordam e se transformam em erupção de barbárie em escala planetária.

Hubert Reeves

A física moderna permite entrever que o espírito do homem está emergindo das profundezas situadas bem além da consciência pessoal; quanto mais nos aprofundamos, mais nos aproximamos de um fundamento universal que interliga matéria, vida e consciência.

Jean Guitton

Um dia... a Presença silenciosamente aumentada de Cristo nas coisas se revelará bruscamente. Rompendo todas as barreiras em que era contida, aparentemente, pelos véus da matéria e da estanqueidade mútua das almas, ela invadirá a face da Terra. Os átomos espirituais do Mundo virão ocupar em Cristo – ou fora de Cristo – o lugar da felicidade – ou da dor – que a estrutura viva da Igreja lhes designa.

Pierre Teilhard de Chardin

Uma partícula não é uma entidade separada, mas um conjunto de relações. O mundo é um tecido de acontecimentos intimamente interligados, um todo dinâmico e contínuo... A física e a mística convergem, as paralelas são impressionantes.

Nas descobertas da física moderna dormita uma formidável consciência: a consciência dos poderes até agora insuspeitados do espírito, que molda a "realidade", mais do que o inverso.

Nesse sentido, a filosofia da física está cada vez mais difícil de distinguir da filosofia do budismo, que é a filosofia do Despertar.

Gary Zukav

Aspecto característico do homem ocidental é a divisão entre o físico e o espiritual para fins de conhecimento. Na alma, porém, esses opostos coexistem. É um fato que a psicologia deve conhecer. Uma realidade psíquica é ao mesmo tempo física e espiritual.

Carl Gustav Jung

O ser e a natureza das coisas procedem de sua dependência mútua. Em si mesmos, não são nada.

Nagarjuna

A verdadeira ciência não é acúmulo de fatos particulares, é antes de tudo conhecimento das relações e de certas leis.
A. Salmanoff

Uma partícula elementar não é uma entidade não analisável de modo independente. É fundamentalmente um conjunto de relações que se estendem para outra coisa.
H. P. Stapp

Cada um de nós é uma célula num corpo gigantesco, que é o corpo do universo, e essa célula está se tornando consciente desse corpo. Cada ser humano hoje é capaz de ter esse sentimento e tem a responsabilidade de compreender esse mecanismo irreversível que deve transformar o mundo e fazer da Terra o mais precioso escrínio na vitrine do universo.
Robert Muller

O Universo dá origem à consciência, e a consciência dá um sentido ao Universo. Dando um sentido ao Universo, o observador dá um sentido a si mesmo como parte desse Universo.
George Berkeley

Na consciência de cada um de nós, a Evolução apercebe-se de si mesma refletindo-se.
Pierre Teilhard de Chardin

O homem é apenas um caniço, o mais fraco da natureza, mas é um caniço pensante. Não é preciso que o universo inteiro se arme para esmagá-lo; um vapor, uma gota d'água basta para matá-lo. Mas, ainda que o universo o esmagasse, o homem seria ainda mais nobre do que aquilo que o mata, pois sabe que está morrendo, e a vantagem que o universo tem sobre ele o universo desconhece.

Toda a nossa dignidade, portanto, consiste no pensamento.
Blaise Pascal

A alma do homem e as estrelas são feitas dos mesmos elementos; mas, assim como a sabedoria do Supremo dirige os

movimentos dos astros, a razão do homem comanda as influências que remoinham em sua alma.
Frantz Hartmann

Pensar e ser são a mesma coisa.
Parmênides

O universo é um vasto pensamento. Em cada partícula, cada átomo, cada molécula, cada célula de matéria, vive e atua, sem que ninguém saiba, uma onipresença.
Jean Guitton

O mistério mais profundo de todos os que nos arrebatam é o da Presença constante de uma Energia infinita e eterna, fonte de todas as coisas.
Herbert Spencer

É sábio quem sabe que tudo é um.
Heráclito

Uma é a luz do sol, embora se deixe separar por muros, montanhas e mil outros obstáculos.
Uma é a substância universal, embora se separe em muitos milhares de corpos particulares.
Um é o sopro vital, embora se separe em milhares de naturezas e delimitações particulares. Uma é a alma inteligente, embora pareça dividir-se.
Marco Aurélio

Três formigas se encontraram no nariz de um homem adormecido, deitado no chão. Cumprimentaram-se, cada uma segundo o costume de sua tribo, e começaram a conversar.
A primeira formiga disse:
– Nunca vi planícies e colinas tão áridas quanto estas. Durante todo o dia estive à procura de algum grão, mas inutilmente.
A segunda formiga disse:

– Também não encontrei nada, embora tenha vasculhado todos os cantos e clareiras. Acho que este é o país que meus compatriotas dizem ser o país mole e móvel onde nada cresce.

A terceira formiga levantou então a cabeça e disse:

– Minha amigas, estamos em cima do nariz da Formiga gigante, da Formiga poderosa e ilimitada, cujo corpo é tão grande que não podemos enxergar, cuja sombra é tão extensa que é impossível apreciarmos seus limites e cuja voz é tão alta que somos incapazes de ouvi-la. Ela é onipresente.

Enquanto a terceira formiga assim se exprimia, as outras se entreolhavam rindo.

No mesmo instante, o homem se virou; ainda adormecido, levantou a mão, coçou o nariz e esmagou as três formigas.

Khalil Gibran

Terceiro capítulo
Livro da paz interior

Este último capítulo tenta estabelecer contato com nosso mundo mais sutil, mais inapreensível, o mundo de nossa alma.

Encontrar a paz interior é precisamente apreender o universo de nossa alma, uma espécie de ponto de convergência em torno do qual se organiza nosso equilíbrio de vida.

Assim como a Terra faz seu trajeto em torno do sol, nós fazemos nossa busca. Nossa paz interior depende desse "sol" em torno do qual gravitamos, da tomada de consciência desse espaço e de nossa capacidade de estar em harmonia com ele.

Para isso podem contribuir muitos elementos que estão todos os dias ao nosso alcance: uma paisagem e suas cores, o rumor do vento no campo, um rio, o canto dos pássaros, uma música, sons harmoniosos, cristalinos, os perfumes e as cores da natureza, uma planície coberta de neve, uma montanha de gelo imaculado, um vale, um lago... e até, às vezes, um rosto de linhas puras...

E aí é preciso parar.

O meio de entrar em harmonia consigo é, sem dúvida, a meditação com silêncio, solidão, música, zen, poesia, êxtase amoroso, pureza, elevação espiritual...

Deixemo-nos então levar suavemente para a meditação, privilegiando assim nossa paz interior, a paz de nossa alma, de nosso espírito e de nosso coração.

Paz interior – Paz exterior

Paz não é algo que vem de fora. É algo que vem de dentro.

É algo que deve começar dentro de nós; cada um tem a responsabilidade de fazer a Paz crescer em si para que a Paz se torne geral.

Dalai-Lama

O fatal não é o naufrágio, mas sim o nosso desejo,
e o inevitável é a paz.

Paul Éluard

Mantenham todos os movimentos do coração na simplicidade natural, sem nada acrescentar que lhe dê fulgor; concentrem sua força vital no silêncio.

Adaptem-se à natureza, às necessidades dos seres, sem se preocupar com os próprios interesses, e o mundo estará em paz!

Os homens realmente sábios protegem todos os países e ignoram que essa tranquilidade provém deles.

Sua ação se exerce sobre todos os seres.

Eles não procuram a fama, não querem nomeada, mas na realidade dão felicidade a todos.

Eles se inserem firmemente na imparcialidade completa e morrem sem nenhuma posse.

Tchuang-tsé

Ó Tagore, Gandhi, rios da Índia
Que, tal como o Indo e o Ganges,
Estreitais em vosso duplo abraço
O Oriente e o Ocidente –
Este, tragédia da ação heroica,
Aquele, vasto sonho de luz–,
Vós, resplendentes de Deus,
Por sobre o mundo laborado pela relha da violência
Espalhai as sementes d'Ele.

Romain Rolland

A cada dia mais se irradia Teu chamamento,
Ele é universal, todos o ouvem e acorrem,
Hindus, budistas, sikhs, jainistas,
Zoroastrianos, muçulmanos e cristãos.
É no oeste que se enfileiram,
De cada lado de Teu Trono,
Assim se tece a guirlanda de amor.
Glória a Ti, ó Senhor dos destinos da Índia,
Tu que fazes a Unidade de todas as Nações.

Rabindranath Tagore

A religião da não violência não é só para os santos, é para os homens comuns.

É a lei de nossa espécie, assim como a violência é a lei do bruto.

A dignidade do homem quer uma lei mais elevada; a força do espírito...

Não violência não é submissão benévola ao malévolo.

Não violência opõe toda a força da alma à vontade do tirano!

Um único homem pode assim desafiar um império e provocar sua queda.

Gandhi

Estar em paz consigo é o meio mais seguro de começar a estar em paz com os outros.

Luis de León

Nós, na Índia, temos de mostrar ao mundo o que é essa verdade que não só possibilita o desarmamento como o transmuda em força.

O fato de a força moral ser um poder superior à força bruta será provado pelo povo sem armas. A evolução da vida mostra que ela pouco a pouco rejeita seu formidável fardo de arma e uma monstruosa quantidade de carne, até o dia em que o homem se transformará no conquistador do mundo brutal.

Dia virá em que o frágil homem com coração, completamente despojado da armadura, provará que são os mansos que herdam a terra...

Os predestinados da Índia escolheram por aliado o poder da alma, e não o do músculo. Ele deve elevar a história humana do nível lodoso da refrega material para os cimos das batalhas do espírito.

Nosso combate é um combate espiritual. É um combate pelo Homem. Devemos emancipar o Homem das redes que ele teceu em torno de si, dessas organizações do Egoísmo nacional.

Precisamos convencer a borboleta de que a Liberdade do céu vale mais do que o abrigo do casulo...

Se pudermos desafiar os fortes, os ricos, os armados, revelando ao mundo o poder do espírito imortal, todo o Castelo do Gigante Carne ruirá no vazio.

E então... conquistaremos a Liberdade para toda a Humanidade...

Rabindranath Tagore

[...] Por que então no fundos do coração os homens estão todos conscientes de sua unidade e por que na superfície há todas essas dissensões entre eles?

Maria Montessori

É fazendo o bem que se destrói o mal, e não lutando contra ele.
É cultivando o amor que se destrói o ódio, e não o afrontando.
É fazendo crescer a luz que se vence a escuridão, e não combatendo-a.

Charif Barzuk

Os sábios devem tratar de melhorar o universo; se souberem onde os conflitos têm origem, poderão intervir com sucesso; se, ao contrário, não souberem, nada poderão fazer.

São como médicos: seu papel é curar as doenças, mas só podem combatê-las sabendo de onde vem o mal [...]

De onde nascem os conflitos? Vêm da falta de amor mútuo [...]

Assim, os bandidos amam suas próprias famílias e não amam os estranhos, motivo por que assaltam as casas alheias para vantagem dos seus.

Os ladrões amam seu próprio corpo e desprezam o dos outros, motivo por que roubam os outros para vantagem de seus próprios interesses.

Os povos amam sua própria pátria e não amam as outras nações, motivo por que conquistam os territórios vizinhos para ampliar seu país.

Por que tudo isso? Porque não há amor mútuo... Se os ladrões tivessem pelo corpo dos outros o mesmo zelo que têm pelo seu, não haveria ladrões, eles desapareceriam.

Se os povos considerassem os países dos vizinhos como seu próprio país, quem buscaria conquistas? As guerras desapareceriam.

Se cada um observasse a fraternidade universal, os Estados não se atacariam uns aos aoutros, as famílias não seriam perturbadas, e no universo tudo melhoraria...

Me-Ti

Paz em cada um

Querer melhorar a humanidade, ou seja, o conjunto dos homens, sem melhorar a qualidade do Homem é uma utopia: o mundo só se tornará melhor se cada um dos homens for melhor.
Georges Roux

O Princípio soberano vive no coração de cada ser humano... refugia-te n'Ele.
Por Sua graça, encontrarás a paz suprema.
Bhagavad-Gita

De tudo o que não é bondade.
De tudo o que não é a beleza,
De tudo o que não é claridade,
Alma, desvia o teu olhar.
Ignora todo malquerer,
Ignora todo malsaber,
Ignora todo agourar.

Alma, por que tanto tormento?
Esse corpo está aí um tempo,
Está aí por breves momentos.
Recobra esperança e coragem.

Alma em viagem!
Vive tu, o tempo que for,
Tudo não passa de uma hora.
Inclina-te para os que choram,
Canta pelos que vão embora,
Que o temor em ti não aflore
E só tenhas gestos de amor.

Henry Spiess

A menor intenção, o menor pensamento, o menor desejo são energias que a mente envia para o universo, assim como o bordo ou o dente de leão espalham ao largo as suas sementes.

Tudo produz um efeito.

Certos pensamentos, aliás, podem produzir efeito maior do que um ato visível.

É que a energia é mais sutil no nível em que atinge o universo em seu nível mais sutil, o de sua consciência.

Todo pensamento se realiza até que seja anulado por outro pensamento mais forte.

Por isso é fundamental tornar nossos pensamentos coerentes e positivos, se quisermos contribuir para a evolução do mundo, e em contrapartida receber efeitos positivos, que não poderão deixar de ocorrer.

Pois o universo é nosso corpo, e os outros somos nós...

É sempre em nosso favor ou desfavor que agimos.

Placide Gaboury

Os filhos de Adão são membros uns dos outros, pois foram criados de uma mesma substância; se o destino faz um dos membros sofrer, os outros não podem permanecer em equilíbrio.

Tu, que não te incomodas com o sofrimento alheio, não mereces ser chamado de ser humano.

Muslah-al-Din Saadi

Até o leopardo entende que guerra não é boa coisa; ninguém é indiferente à glória e à honra; mas a paz vale mais do que um combate.

Abu al-Qasim Firdusi

Felizes os artífices da paz, pois serão chamados filhos de Deus.

Novo Testamento

O desequilíbrio entre o nível de desenvolvimento de nosso meio exterior e o de nosso desenvolvimento espiritual é muito impressionante...

A verdadeira ameaça que pesa sobre o homem hoje não é tanto a guerra quanto essa aridez desesperada, essa parada do desenvolvimento (interior)...

Maria Montessori

A guerra mais dura é a guerra contra nós mesmos.

Precisamos conseguir nos desarmar.

Travei essa guerra durante anos, ela foi terrível. Mas estou desarmado.

Já não tenho medo de nada, pois o amor expulsa o medo.

Estou desarmado da vontade de ter razão, de me justificar desqualificando os outros, já não vivo de sobreaviso, ciosamente crispado sobre minhas riquezas.

Acolho e compartilho. Não me apego demais a minhas ideias, a meus projetos. Se me apresentam melhores, ou melhor, não, não melhores, mas bons, aceito sem lamentar.

Desisti do comparativo.

O que é bom, verdadeiro, real é sempre o melhor para mim. Por isso já não tenho medo.

Quando não se tem nada, não se tem medo.

Quando nos desarmamos, quando nos desapossamos, abrimo-nos para o Deus Homem que torna novas todas as coisas, então Ele apaga o mau passado e nos entrega um tempo novo, em que tudo é possível.

Patriarca Atenágoras

E o que falta mais essencialmente ao indivíduo do que ser total?

Paul Claudel

Hoje, na noite do mundo e na esperança da Boa Nova, afirmo com audácia minha fé no futuro da humanidade.

Recuso-me a acreditar que as circunstâncias atuais tornem os homens incapazes de criar uma terra melhor.

Recuso-me a acreditar que o ser humano não passe de um fiapo de palha arrastado pela corrente da vida, sem a possibilidade de influenciar no que quer que seja o curso dos acontecimentos.

Recuso-me a compartilhar a opinião daqueles que afirmam que o homem está a tal ponto cativo da noite sem estrelas do racismo e da guerra, que a aurora radiosa da paz e da fraternidade não possa jamais tornar-se realidade.

Acredito que a verdade e o amor incondicional terão a última palavra.

A vida, ainda que temporariamente vencida, é sempre mais forte do que a morte.

Creio firmemente que, mesmo em meio a obuses que explodem e a canhões que atroam, resta a esperança de uma manhã radiosa.

Martin Luther King

Sublime visão do futuro!
Povos fora do abismo escuro,
Passado é o deserto horroroso.
As vias são todas relvadas,
A terra é gentil namorada
E o homem é noivo amoroso!

Já hoje se alça o olhar
Para esse sonho contemplar,
Sonho que se realizará;
Pois as cadeias Deus destrama,
E se o passado ódio se chama
O futuro amor será!

Mesmo em meio às nossas mazelas
A união dos povos já grela;

Qual vespa a acordar nos albores,
Sobre nossas ramas sombrosas,
Progresso, abelha tenebrosa.
Faz felicidade com dores.

Oh! vede! a noite se dissipa.
Sobre o mundo que se emancipa,
Deixando os césares pra trás.
E por sobre as nações festivas,
Abrem-se lá no céu, altivas,
As imensas asas da paz!...

Victor Hugo

Enquanto não confiarmos na grande "arma para a paz", que é a educação, as guerras continuarão sucedendo a guerras...

Uma educação capaz de salvar a humanidade não é coisa fácil. Implica o desenvolvimento espiritual do homem e o fortalecimento de seu valor pessoal.

Maria Montessori

Aquele que se encontrou, cujo ser se revelou,
Afundado nas profundezas dessa carcaça,
E ativo, é autor de tudo,
A ele o mundo – ele é o mundo.

Upanishad

A Paz consigo, a Paz em profundidade começa com a consciência dessa pureza que cada um tem em si e que engrandece o Homem, que lhe dá segurança, que o harmoniza e o põe em estado de União.

George Roux

Quando a compreensão dessa unidade já não é puramente intelectual, quando ela abre caminho para nosso ser na luminosa consciência da Totalidade, é então que a alegria brilha, e o amor se estende sobre todas as coisas.

Rabindranath Tagore

Todo ato de amor é uma obra de paz. Se é grande ou pequeno, pouco importa.

Madre Teresa

Nossas canções invocam a paz,
E nossas respostas são atos pela paz.

Paul Éluard

Só o Amor é a Verdade.
Quando ele dá a Liberdade,
Introduz a verdade em nosso âmago.

Rabindranath Tagore

Amar é servir sem se impor
Servir sem querer converter
Servir sem esperar retorno...
É acolher tudo com a mesma força, o mesmo fervor,
Não apegar-se a suas preferências...
Amar é carregar a terra no peito, como criança,
É não ter medo...
O mundo é sempre novo quando o deixamos existir como ele é,
sem o cobrir com nossos conceitos, nossos medos e nossas expectativas.
Quem começa a amar assim banha-se numa torrente silenciosa.
Quem ama com plenitude tornou-se essa torrente.

Placide Gaboury

Cada um de nós pode servir a paz do mundo com uma maneira de ser isenta de agressividade, violência, ódio, rancor e injustiça, com uma maneira de ser autêntico: integrado, caridoso, animado pelo amor fraterno ao próximo e profundamente pacificado.

René Cassin

Tornamo-nos reais juntos pelo esforço,
Pela vontade de dissolver as sombras
No trajeto fulgurante de uma claridade nova.

Paul Éluard

Não será apenas no interior de cada povo que a fraternidade, transformada na prática em lei interna do homem e lei externa da sociedade, realizará essa santa união; de acordo como os desígnios de Deus, deverá realizá-la também entre os povos, que estão destinados a um dia constituir uma grande família, a família universal do gênero humano.

Félicité Robert de Lamennais

Não serei por inteiro se não me inteirar com esse mundo que me cerca.

Paul Claudel

... Que os homens compreendam apenas que não são filhos de algumas pátrias ou Estados, mas que são filhos de Deus e que, por conseguinte, não podem ser escravos nem inimigos uns dos outros.

Leon Nikolaievitch Tolstoi

Um breve rumor corre o mundo
Como aroma de violetas,
Qual suspiro de amor que sonha,
Por toda parte, dia e noite.

Esse é o canto da paz dos povos,
Da felicidade dos homens,
Da idade de ouro, sonho outrora,
Que ora se torna realidade:

Muitos povos, um coração,
Pedindo a Deus, o seu Pastor,
O dia no qual os profetas
Ditarão a lei do esplendor.

Na terra a única vergonha,
O pecado, será opor
A própria vontade e o ciúme
Ao que os outros sonham ou querem.

Quem quer que perca essa esperança,
E quem se confesse vencido,
Melhor seria não ter nascido
Pois morto está, mas não percebe.

Gottfried Keller

Paz da alma

Aprender a estar disponível para o Essencial aqui e agora.
Albert Méglin

... Pois a vida transcendente
só se deixa atingir com dificuldade pelos mortais.
Bhagavad-Gita

Terá sido o homem construído para esta feliz finalidade: tomar posse de um estado de harmonia que o transcende e é imutável nele?

Georges Roux

O céu não dá vida ao homem sem razão, a terra não produz relva sem raiz.

Provérbio chinês

A riqueza da alma é a única riqueza; os outros bens são prenhes de dores.

Arthur Schopenhauer

Poucos homens vão para a Outra Margem;
O restante dos homens corre de cá pra lá nesta margem.
Dhammapada

Mas quando um deus aparece, o céu, a terra e o mar se iluminam com uma claridade que renova tudo.

Friedrich Hölderlin

Na vida cotidiana

Mesmo que recebas as instruções de mil budas e de uma miríade de mestres zen, se não continuares em plena consciência, com pureza e unidade de fé, nunca poderás ver a natureza essencial e despertar para o Caminho...

Se quiseres atingir rapidamente o conhecimento de todas as verdades e ser independente em todas as circunstâncias, nada haverá que se compare à concentração em ação.

Man-An

Experiência
Não é o que acontece ao homem,
É o que o homem faz com o que lhe acontece.

Aldous Leonard Huxley

Minha felicidade é o caminho da vida cotidiana,
No fundo dos rochedos e das heras brumosas...
Emoções selvagens e liberdade sem freio,
Deixo-me levar por minhas amigas, as nuvens.

Han Chan

Aceitar o cotidiano é a coisa mais difícil. Ninguém quer viver sua vida, quer viver uma vida diferente, vida sonhada ou vida dos outros.

Mas só se progride enchendo com uma presença atenta esses pequenos momentos sem história.

Quando aceitamos viver cada um desses instantes, sem esperar outra coisa, construímos uma plenitude que nada pode atacar.

Placide Gaboury

Não é no mundo exterior que encontrarás a paz.
Explora o fundo de ti mesmo e encontrarás uma pérola inestimável.

Ma Ananda Moyi

O primeiro dever, sem dúvida, é ser justo;
E o primeiro dos bens é a paz do coração.

Voltaire

Vida harmoniosa é equilíbrio entre atividade e passividade.

Osho Rajneesh

Passei muitas horas de minha vida a olhar a relva brotar ou a contemplar a serenidade das grandes pedras ao luar. Identificava-me tanto com o modo de existência dessas coisas tranquilas, pretensamente inertes, que chegava a participar de sua calma beatitude.

George Sand

Despertar o mundo dos sentidos permanecendo em harmonia... é encontrar o repouso no silêncio.

Bhagavad-Gita

Silêncio puro, essência dum abismo,
Que faz em mim negro cristal vibrar,
Chega mais perto desta morte ima
Em cujo espelho tu sabes entrar.

E iluminado pela tua negrura,
Onde segredos guarda o infinito,
Torna-te o fogo que o poema apura
Com o frescor dos frutos mais bonitos.

Jean-Claude Renard

Nunca é como seres individuais que atingimos o repouso, mas como seres que vivem na sombra.
Ao perdemos nossa personalidade, perdemos o tormento, a presa, a agitação...

Virginia Woolf

Para o homem sem ego, o universo já não é o mesmo.
O pássaro que canta é mensageiro do divino,
A folha que cai da árvore é uma mão,
Um signo de Deus.
Tudo na terra e no céu
Revela o Esplendor da Existência.

Osho Rajneesh

Havia uma criança que saía todo dia,
E se transformava no primeiro objeto que olhava,
E esse objeto se tornava uma parte dela durante
todo o dia,
Ou durante uma parte do dia, ou por alguns anos,
Ou imensos ciclos de anos.

Walt Whitman

A respiração é necessária ao corpo
Como a meditação à alma.
Se deixares de respirar, teu corpo morrerá.
Assim também, sem meditação, tua alma se estiolará.

Osho Rajneesh

Pela solidão

Só uma coisa é necessária: a solidão.
A grande solidão interior.
Entrar em si mesmo
E durante horas não encontrar ninguém
É a isso que se deve chegar.
Estar só, como a criança está só...

Rainer Maria Rilke

Procuramos refúgio nos campos, nas praias, nas montanhas. E tu mesmo tens o costume de desejar ardentemente esses locais de isolamento.

Mas tudo isso é opinião do vulgo, pois à hora que quiseres podes refugiar-te em ti mesmo.

Em nenhum lugar o homem encontra refúgio mais tranquilo e calmo do que em sua alma, sobretudo se em seu foro íntimo possuir as noções sobre as quais basta inclinar-se para de imediato obter quietude absoluta, e por quietude entendo nada mais, nada menos do que ordem perfeita.

Marco Aurélio

O que chamamos "felicidade" consiste na harmonia e na serenidade, na consciência de um objetivo, numa orientação positiva, convicta e resoluta do espírito, enfim, na paz da alma.

Thomas Mann

Sentar-se tranquilamente, não fazer nada.
A primavera chega, e a relva brota sozinha.

Ditado zen

Não clames a Deus,
Pois em ti mesmo está a Fonte.
Não tapes a saída,
E ela manará sem cessar.

Ângelo Silésio

O conhecimento da alma e sua qualidade
São a chave que permite entrar no reino dos deuses.
Por isso, tenta conhecer teu coração.
É uma substância nobre, de origem divina.

Provérbio chinês

A grande Sabedoria do homem, que também é sua
maior felicidade, é cultivar em si a harmonia, o fervor, o
entusiasmo e o elã que o levam para a sua luz.

Georges Roux

Para, aonde vais correndo, se o céu está em ti?
E procurar Deus alhures é perdê-lo sempre.

Se possuis nesta terra um reino em ti,
Por que temer cair na pobreza?

O Espírito que se dirige para Deus a todo o momento
Concebe sem cessar em si mesmo a luz eterna.

Ângelo Silésio

O Fundo de Deus e o fundo da alma não são um único e mesmo fundo.

Mestre Eckhart

Medita no fundo do teu coração.
Sabe em toda relação dar e receber.
No diálogo, sê autêntico e confiante.

Tao Te King

Tão vasto quanto o espaço que nosso olhar abarca é esse espaço no interior do coração. Um e outro, céu e terra reunidos, fogo e ar, sol e lua... tudo isso está nele reunido.

Upanishad

Sou o átomo, sou o globo do Sol,
Ao átomo digo: fica. E ao sol: para.
Sou a claridade da aurora, sou a brisa da tarde,
Sou o murmúrio do bosque, a massa ondulante do mar.
Sou a faísca da pedra, o olho de ouro do metal...
Sou ao mesmo tempo a nuvem e a chuva, eu irriguei
os prados.

Sufi Rumi

Penetra na alma que dirige cada um e deixa que o outro também penetre na tua alma.

Marco Aurélio

O homem só está em paz consigo quando consegue elevar-se à altura da divindade. Atingir esse estado é a suprema ambição, a única que vale. É a autorrealização.

Gandhi

Devemos aceitar os ritos, mas, quando a espiritualidade cresce em nós, a observação dos ritos exteriores já não é necessária.
Ramakrishna

Achei que conhecia o ser e não ser,
Que tudo penetrar podia ter até o fim;
Nada conhecerei, porém, sem conhecer
O além da embriaguez que está no além de mim.
Omar Khayyam

Pela elevação espiritual

Ergue os olhos e eleva tua alma, e tu que procuras os deuses os acharás até neste triste mundo.
Provérbio chinês

A elevação da alma é acompanhada pela sua serenidade.
Na luz e na elevação forma-se uma unidade dinâmica.
Gaston Bachelard

Bem acima do chão, lagos, vales da terra,
De montanhas, sarçais, de nuvens e mares,
Bem p'ra lá desse sol e dos céus estelares,
Para lá dos confins das etéreas esferas,
Meu espírito, vais te movendo com brio,
E qual bom nadador que co'a água se funde,
Vais vogando feliz a imensidão profunda,
Co'uma grande volúpia indizível, viril.

Foge, sempre a voar, dos miasmas imundos,
Vai te purificar lá no ar superior,
Vai beber, como puro e divino licor,
Esse fogo que o espaço hialino inunda...
Charles Baudelaire

No ar rarefeito, no ápice da alma
Acaso Deus não flutua como a aurora sobre a neve alvíssima?
Joachim Gasquet

Eu era neve, sob teus raios me fundi;
A terra me sorveu, e qual névoa de espírito,
Subo de volta rumo ao sol.
Sufi Rumi

Pela pureza

Como é possível absorver a impureza sem ser corrompido, permanecendo límpido?
– pela tranquilidade perfeita, assim como a água turva se clareia depositando-se.
Como se pode manter essa quietude e essa paz?
– permitindo o movimento, tal como se criam as ondulações na superfície da água calma.
Tao Te King

Os que se elevam elevam-se pela pureza, e não pela multiplicação das obras.
Sufi Kharaqani

Quando jovem, abri os braços à pureza.
Não foi mais do que um adejar no céu de minha eternidade...
Eu não podia mais cair.
Paul Éluard

... uma ilha suspensa entre o Céu, o Ar, a Terra e o Mar, embalada numa límpida tranquilidade...
Percy Bysshe Shelley

As paisagens da alma são mais maravilhosas do que as paisagens do céu estrelado; elas não têm apenas vias lácteas feitas de millhões de estrelas, mas mesmo seus abismos de sombra são vida, encerram uma vida infinita cuja superabundância a escurece e sufoca.

E esses abismos, onde a vida se autodevora, em certo momento podem ser iluminados, libertados, transformados em vias lácteas.

Hugo von Hofmannsthal

A via Láctea palpita ao vento como um longo véu.
Gabriele D'Annunzio

Quando nada há para olhar, sublime é a vista,
Eis a luminosidade do espírito em sua natureza.
Quando nada há para buscar, sublime é a descoberta,
Eis o precioso tesouro do espírito em sua natureza...
Milarepa

A beleza das coisas, mais do que sua utilidade, incita o homem a dirigir a alma para os deuses que o criaram.
Provérbio chinês

O ouro solar e o pólen silvestre, misturados, na palpitação do vento eram uma só e mesma poeira. Os pinheiros, na ponta de cada agulha, carregavam uma gota de cobalto.
Gabriele D'Annunzio

Para os anjos, os topos das árvores são
Talvez raízes bebendo nos céus,
E as raízes que afundam em tantos terréus,
Cumes silentes lhes parecerão.
Rainer Maria Rilke

Bem tarde te amei, ó Beleza
Tão antiga e tão nova.
Estavas, porém, aqui dentro, e eu fora estava!
Estavas em mim, e eu me ausentara...
Ó Tu, que me és mais íntima do que eu mesmo!
Santo Agostinho

Pela meditação

Não achem que já têm alma. Só poderão ter alma se meditarem.

George Ivanovitch Gurdjieff

Cuidado para não serdes almas mortas ou máquinas de orar!
Sufi Kharaqani

Ver um universo num grão de areia
E um paraíso numa flor dos campos,
Reter o infinito na palma da mão
E a Eternidade numa só hora.

William Blake

A oração é indiferente à sua expressão verbal; é uma elevação da alma que poderia substituir a palavra.

Henri Bergson

... Paciência,
Paciência na vastidão,
Cada átomo de silêncio
É a chance de um fruto bom!

Paul Valéry

Melhor do que mil palavras sem utilidade
É uma só palavra benéfica
Que apazigua quem a ouve.

Dhammapada

A meditação é uma corrente contínua de percepção ou pensamento, como a corrente de água num rio.

Swami Vishnu Devananda

Envia-me um amor que se infiltre no centro do ser e, de lá, se espalhe pelos ramos da árvore de vida para dar nascimento aos frutos e às flores.

Envia-me o amor que tranquiliza o coração na plenitude da paz.

Rabindranath Tagore

A luminosidade da meditação assemelha-se às águas do rio.

Milarepa

Em quinze minutos de meditação, vi e aprendi mais do que se tivesse passado vários anos a fio na Universidade.

Jakob Böhme

Minh'alma é um mundo;
Meu coração, seu céu.

Victor Hugo

Quem ora e jejua está próximo dos homens;
Quem medita está próximo de Deus.

Sufi Kharaqani

... Doce vazio, grande renúncia,
Alguém em nós que sente a paz imensamente,
Uma candura de um frescor delicioso...

Paul Verlaine

Assim como a beleza e o doce perfume da flor de lótus só se revelam quando ela sai da água lodosa e se volta para o sol, também nossa vida desabrochará quando abandonarmos o mundo de Maia, a ilusão, e nos voltarmos para Deus, pela meditação.

Swami Vishnu Devananda

O beijo receber do ilimitado ser;
E paz, felicidade, esperança conter;
Santos frutos, caí de ramos eternais!

Victor Hugo

As melodias ouvidas são suaves,
Mas as que não se ouvem,
Mais suaves são:
Flautas pastoris, continuem tocando,
Não para os ouvidos sensórios,
Porém, mais sedutoras,
Modulem para o espírito cantos silenciosos...

John Keats

Toda alma é uma melodia que é preciso reatar.

Stéphane Mallarmé

Pela música

Depois de meditar muito tempo sobre a essência da música, recomendo o prazer dessa arte como a mais requintada de todas.

Nenhuma outra age de modo mais direto, mais profundo, porque não há outra que revele mais direta e profundamente a verdadeira natureza do mundo.

Ouvir grandes e belas melodias é como um banho no espírito: purifica da sujeira, do que é ruim, mesquinho; eleva o homem e o põe em sintonia com os mais nobres pensamentos de que é capaz, e então ele sente claramente tudo o que vale, ou melhor, tudo o que poderia valer.

Arthur Schopenhauer

Um caniço me bastou
Para vibrar o capinzal
E o prado todo
Mais os chorões
Mais o regato cantador;
Um caniço me bastou
Para pôr a mata a cantar.

E quem passou bem que escutou
Na noite adentro, em pensamento,
E no silêncio e no vento,
nítido ou vago,
Perto ou lá longe...

E quem passou, em pensamento,
Ao escutar, dentro de si,
Inda há de ouvir, e ainda a ouve
Sempre a cantar.

Só me bastou
Esse caniço recolhido
Na fonte aonde o Amor veio
Mirar, um dia,
Seu rosto grave
E que chorava,
P'ra fazer chorar quem passava,
Vibrar a relva, fremir a água;
E como meu sopro e um caniço,
Pus toda a mata p'ra cantar.

Henri de Régnier

A melodia é a prece que o homem dirige a Deus,
A harmonia é a resposta que Deus dá ao homem.

Cyril Scott

Quando eu afinar o alaúde de minha vida,
cada um de Teus toques tocará a música do amor.

Rabindranath Tagore

... Tudo é uma só voz, um só aroma tem;
Tudo diz no infinito alguma coisa a alguém;
um pensamento inunda o tumulto soberbo.
Deus não fez um rumor sem nele pôr o verbo.
Tudo, como tu, geme, ou, como eu, 'stá contando;
Tudo fala.

Homem, não sabes por que, entretanto,
Tudo fala?
Escuta as rochas, que parecem calmas,
As matas, o mar, tudo vive!

Tudo tem alma.

Victor Hugo

Seguro a corrente do rio como um violino.

Paul Éluard

Quem percebe a música da alma executa bem seu papel na vida.

Swami Sivananda

A Vida é um violino imenso que soluça,
E esse povo teimoso, a grugrulhar na esquina.
Caminha a formigar, ferver, em sua angústia.
Ébrio a verter a hora em suas diárias tinas.

Rara e deserta, a arte, a maga das medulas,
Com seráfico arco em diamante e ouro,
Tristes notas de estrela a caírem modula,
E de uma imensa morte o êxtase redoura.

Coração murcho! Em dor, coração! Choro e ira!
Quando terás um céu de flautas e de liras,
Para a tua alma em sonho e flor desabrochares...

Sobre a terra banal, em sua escaramuça,
A Vida é um violino imenso que soluça,
Deixa-me, coração, rodear d'outros lugares.

Albert Samain

A prática da música é o meio mais poderoso do que qualquer outro, porque ritmo e a harmonia têm sede na alma.
Ela enriquece a alma, confere-lhe graça...

Platão

Os cantos me fizeram, não fui eu que os fiz.
Johann Wolfgang von Goethe

O ritmo e a melodia determinam as emoções de todas as naturezas. Por meio da música nos acostumamos a ter os sentimentos justos...
Aristóteles

Pelo Zen

Aprender e pensar é como estar por dentro da porta: sentar-se em zazen é entrar em casa e sentar-se em paz.
Buda

Silêncio, silêncio verdadeiro, que não seja sonolência,
em que a memória desconjunta, dos brinquedos do passado,
fiapos de presciência
sobre um tumulto de babel remexida e quebrada!

Silêncio, silêncio verdadeiro,
não esse ruído vago
do rolar da bulha da corrida do mundo,
ruídos esparsos, balbúrdia,
algazarra, barafunda,
o tudo-junto do mundo em alerta
que se derreia
e busca suas sombras
e puxa suas redes
n'água pesada de seu charco e na fuga de seu rio.

Silêncio, não o da alma viúva
em que estrelas caíram
descoroadas por uma oscilação latente
por choque brusco
e se afogaram na sombra.

Não o silêncio do arbusto no escombro,
não o do sono
cortado pelo despertador do vizinho
ou pelo barulho da broca a verrumar madeira.

Um pouco mais! Que o pensamento se cale um instante,
ou semelhante,
esse caos agitado do movimento das passagens de
ideias loquazes
que andam e incham
em torno de tua gaiola vazia,
Ó pensamento verdadeiro!

Gustave Kahn

A estrela polar nunca se move,
no entanto, controla o movimento...
A estrela polar é o coração do céu e da Terra...
E quando o psiquismo humano é calmo e tranquilo,
Como a estrela polar imóvel,
O espírito é mais aberto e mais alerta.
Quem sabe disso carrega em si o Tao Celeste.

Li-Daoquin

... Chegou a hora de sentar tranquilamente
Face a face contigo, para cantar e consagrar a vida
Nesse silêncio que me inunda e me descansa.

Rabindranath Tagore

Quando o yin e o yang se combinam para criar uma unidade, a ordem celeste se revela claramente.

O conhecimento e o potencial inatos que estavam a ponto de estiolar-se dentro dos seres voltam a ser redondos e brilhantes, puros e nus.

Liu I-Ming

Ó céu sobre mim, céu claro, céu profundo! abismo de luz!
Contemplando-te freme em mim divino desejo.
Friedrich Nietzsche

Creio que [...] o zen tem íntima semelhança com a compreensão possibilitada pela arte e pela poesia. Além disso [...] possibilita uma abertura da visão e uma experiência realmente substanciais.
Roberto Juarroz

[...] e uma exclamação de triunfo sempre subia a seus lábios, brotando de um sentimento de vitória sobre a vida, quando ocorria aquela reintegração na paz, aquele repouso, aquela eternidade...
Frequentemente, sentada, ela se surpreendia a olhar, a olhar até se tornar aquela coisa que olhava.
Virginia Woolf

Quando a mente está perturbada, a multiplicidade das coisas sobrepuja; quando a mente está tranquilizada, a multiplicidade desaparece diante da Unidade.
Ashvagosha

Quando a respiração se desorganiza, a mente está instável, mas quando a respiração está calma, a mente está calma.
Swami Vishnu Devananda

De onde quer que venha o pensamento,
Que é móvel e errante,
É preciso controlá-lo
E conduzi-lo, resolutamente.

Quando estamos desapegados, serenos no pensamento,
Chega-nos a paz suprema.
A atividade não nos espicaça,
Somos então Consciência,
Nada mais nos afeta.
Bhagavad-Gita

É muito fácil rejeitar e abandonar pensamentos desagradáveis ou impróprios e, imediatamente, conquistar perfeita calma.
Marco Aurélio

Calma é a mente, calma é a fala, calma é a ação daquele que, tendo o perfeito conhecimento, é plenamente livre, perfeitamente pacífico e equilibrado.

Dhammapada

Assim como o homem não pode ver seu rosto em água turva, a alma, se agitada por maus pensamentos, não pode encontrar Deus na contemplação.
Padres do deserto

Se a tranquilidade da água permite refletir as coisas, o que não poderá a tranquilidade do espírito?
Tchuang-tsé

Pelo êxtase amoroso

Digo aos Sábios que o guia dos enamorados é o êxtase, e não é o pensamento o que mostra o caminho.
Omar Khayyam

Tarde azul de verão, por atalhos irei,
Picado dos trigais, pisar relva miúda:
Sonhador, a meus pés o frescor sentirei.
Com o vento a banhar-me a cabeça desnuda.

A sentir em minha alma um amor que é infindo,
Sem pensar nem dizer uma coisa sequer:
Qual cigano, p'ra longe irei sempre seguindo,
A vereda, feliz, como co'uma mulher.
Arthur Rimbaud

Tempo, para teu voo! e vós, horas propícias,
Não sigais vossa via!
Deixai-nos degustar as tão breves delícias
De nossos belos dias.

Alphonse de Lamartine

E que o vento que geme, e o junco que suspira,
Que o perfume do ar, com aromas tão raros,
Que tudo o que se vê, que se ouve ou se respira,
Diga: "Eles amaram!".

Alphonse de Lamartine

Amo! Vento, o frio afugenta.
O prado está perfumado.
No bosque, a ave aparenta,
Uma alma em meio ao folhado.

Victor Hugo

A paz de Deus fará a alma ditosa,
Mais do que a Razão, nos diz um dos ditados.
Eu a comparo à paz que é amorosa,
De quando perto está o ser amado.

Johann Wolfgang von Goethe

Se o ser que mais amo no mundo (viesse) perguntar-me que escolha deveria fazer e qual é o refúgio mais profundo, mais inatacável e mais ameno, eu lhe diria que abrigasse seu destino no refúgio da alma que se aperfeiçoa.

Maurice Maeterlinck

Nós andávamos sós, ela e eu, a sonhar,
Com a mente e os cabelos ao vento, a voar.

Paul Verlaine

[...] Pelo dedo da chuva
Que nas teclas do lago
Toca a ária da lua
E parece o teu canto
Te amo [...]

Jacques Brel

Amor e harmonia se unem,
Abraçando-se às nossas almas,
Os nossos ramos se confudem,
E as nossas raízes se juntam

William Blake

Fiz o momento em que estivermos sentados no palácio,
Tu e eu,
Com duas formas e dois rostos, mas uma só alma,
Tu e eu.
As cores do bosque e as vozes dos pássaros
imortalizarão
O momento em que entramos no jardim
Tu e eu.
As estrelas do céu virão nos olhar;
E nós lhes mostraremos a lua,
Tu e eu.
Tu e eu.
Libertos de nós, unidos no êxtase,
Jubilosos e sem palavras vãs,
Tu e eu.
Os pássaros do céu, de brilhante plumagem,
Sentirão inveja mortal.
Naquele lugar, onde riremos com tanta alegria,
Tu e eu.
É que tu e eu, enroscados no mesmo ninho,
Nós estamos nesse instante
Um no Iraque, e o outro em Khorasan,
Tu e eu.

Sufi Rumi

... Usando o calor todo armazenado,
Nossos corações serão dois fanais,
Que refletirão suas luzes dobradas
Em nosso espírito, espelhos iguais...
Charles Baudelaire

Pelo silêncio

O único modo de comunicar-se é o silêncio.
Ramadawashir

Que calma noturna, que calma
nos penetra, celestial.
Parece que refaz na palma
de tuas mãos a linha essencial.
Cantando, a pequena nascente
a ninfa assustada escondeu...
Sentimos a presença ausente
Que o espaço bebeu.
Rainer Maria Rilke

O silêncio não é ausência de fala, mas a fala sem palavras de uma experiência, ao mesmo tempo interior e exterior, cuja expressão só certas propriedades da linguagem, chamadas "poéticas", parecem possibilitar.
Jean-Claude Renard

... Levanto-me e parto, pois noite e dia
Ouço o murmulho da água plácida contra a margem.
Quer eu siga pela estrada ou pela rua,
Eu o ouço n'alma do coração.
William Butler Yeats

Não posso exprimir meu tormento de silêncio.
Todas as palavras que eu tinha tornaram-se estrelas.
Guillaume Apollinaire

Silêncio! Silêncio!
Como um vento delicioso dança invisível sobre as cintilantes lantejoulas do mar, leve, leve como pluma, assim o sono dança sobre mim.
Não me fecha os olhos, deixa minha alma acordada.
É leve, na verdade, é leve como uma pluma.
Friedrich Nietzsche

O problema da vida parecia grande demais para os limites estreitos da linguagem humana e, de comum acordo, nos reportávamos ao oceano, que, desde o primeiro dia, o estreitara com seu intenso abraço, ao mar, que sabia tudo e que, infalivelmente, no tempo devido, revelaria a cada um a sabedoria escondida em todos os erros, a certeza à espreita entre as dúvidas, o domínio da segurança e da paz para além das fronteiras do sofrimento e do medo.
Joseph Conrad

... O silêncio de Deus
deixa-me falar.
Sem seu mutismo
eu não teria aprendido a dizer nada.

Assim, em compensação,
deposito cada palavra
num ponto do silêncio de Deus,
num fragmento de sua ausência...
Roberto Juarroz

Pela poesia

A poesia é a palavra essencial no tempo.
Antonio Machado

Repousa o coração, e a alma silencia;
O mundano rumor pelo vento trazido
– Como enfraquece o som porque se distancia –
Expira quando chega ao inconstante ouvido...

... Neste asilo final, minha alma toma alento,
Tal qual o viajor, que de esperança arde,
Às portas da cidade antes de entrar se senta
E respira um instante os aromas da tarde.

Tal como ele, dos pés limpemos a poeira:
O homem não refaz tal caminho jamais;
Tal como ele, respira ao termo da carreira
Esta calma que faz prever a eterna paz.

Alphonse de Lamartine

A poesia é a tentativa de exprimir o que é quase impossível exprimir.

Roberto Juarroz

... Um conjunto de coisas insignificantes me arrepia
por pressentir a presença do infinito...
Esta harmonia entre mim e o mundo inteiro...
êxtase enigmático, sem palavras, sem limites...

Hugo von Hofmannsthal

Se estudares a arte japonesa, verás um homem sábio, sem dúvida, um filósofo, um homem inteligente, mas em que ele aplica seu tempo?

Em estudar a distância entre a Terra e a Lua? Não.

Em estudar a política de Bismarck? Não.

Ele estuda um gravetinho.

Mas esse gravetinho o leva a desenhar cada uma das plantas, depois as estações, depois os campos, depois os animais, depois os homens. Assim ele emprega a vida, e a vida é curta demais para fazer tudo.

Vincent Willem van Gogh

Na minha opinião, a obra da relva não tem menos importância do que o labor das estrelas.

Walt Whitman

O artista percebe outra realidade, diferente da percepção comum, ele detecta um mundo superior e oculto.
O poeta representa o irrepresentável, vê o invisível, toca o impalpável.
O sentido poético tem relações estreitas com o sentido profético e religioso...

Friedrich Novalis

Ó magnânimo, quebra nosso alaúde;
Existem aqui milhares de outros alaúdes.
Tornamo-nos cativos nas garras do amor,
Não faltam alaúdes e oboés para nossos prantos.
Se queimarmos o rababe e o alaúde deste mundo,
Existirão muitos alaúdes secretos, ó meu amigo,
Os ecos de suas escalas sobem até o céu,
Ainda que seu som não chegue aos ouvidos moucos.
Que se apaguem a lâmpada e a vela do mundo,
Pouco importa! Há o sílex e o ferro.
Os cantos se assemelham a gravetos sobre o mar:
A pérola não vem à superfície das ondas,
Mas sabe que da pérola provém a graça dos gravetos,
É o reflexo do reflexo de seu brilho que se irisa sobre nós.
As melodias são todas eco da saudade da união;
A origem e o eco nada têm de semelhante.
Fecha os lábios e abre o coração:
É desse modo que poderás falar às almas.

Sufi Rumi

Um alaúde e um poema bastam para fazer-me feliz.
Perambular é um tesouro,
Cheio do Caminho que percorro sozinho
Rumo ao fim do saber e de mim.

Si Kang

Plenitude e serenidade

Mas se existe um estado em que a alma encontra uma base bastante sólida para repousar por inteiro e reunir todo o seu ser, sem precisar lembrar o passado nem projetar-se para o futuro, [...] em que o presente dura sempre, [...] sem nenhum outro sentimento de privação ou gozo, de prazer nem pena, de desejo nem temor, além do sentimento de nossa existência, e em que esse sentimento apenas pode enchê-la por inteiro; enquanto esse estado dura, quem nele se encontra pode chamar-se feliz, [...] com uma felicidade suficiente, perfeita e plena, que não deixa na alma nenhum vazio que ela sinta a necessidade de encher...

De que prazer fruímos em semelhante situação?

De nada que esteja fora de nós mesmos, de nada a não ser nós mesmos e nossa própria existência; enquanto esse estado dura bastamo-nos a nós mesmos como Deus.

O sentimento da existência despojada de qualquer outra afeição é por si mesmo um sentimento precioso de contentamento e paz, que bastaria para tornar essa existência querida e agradável a quem soubesse afastar de si todas as impressões sensuais e terrestres que vêm sempre nos distrair [...]

Jean-Jacques Rousseau

... De bosque em bosque errar, com um livro nas mãos;
Degustar sem temor, remorsos ou quereres,
Uma paz à qual nada se iguala em prazeres.

André de Chénier

Quando uma circunstância estranha, ou nossa harmonia interior, nos soergue um instante da torrente infinita do desejo, livra-nos o espírito da opressão da vontade, desvia nossa atenção de tudo o que a solicita, e as coisas nos aparecem desvinculadas de todos os prestígios da esperança, de interesses próprios, como objetos de contemplação desinteressada e não cobiçosa;

é aí que esse repouso, inutilmente buscado nos caminhos abertos do desejo, mas sempre fugaz, se apresenta de alguma maneira por si mesmo e nos dá o sentimento da paz na plenitude.

Arthur Schopenhauer

Olhai os lírios dos campos: eles não se preocupam com o amanhã, e por isso são tão belos. Nem Salomão em toda a sua glória teve tal esplendor.

Jesus

Estar acima de todas as coisas como em seu próprio céu, sua abóbada, sua campana celeste e sua eterna quietude.

Friedrich Nietzsche

Senhor, concedei-me essa fé que não teme os perigos, a dor, a morte, que sabe caminhar pela vida com calma, paz e alegria profunda, e que estabelece a alma num desapego absoluto de tudo o que não sois Vós.

Charles-Eugène de Foucauld

Como poderei exprimir Essa Verdade?
Como posso dizer: "Ele não é isto nem aquilo"?
Se digo que ele está em mim, o mundo se mostra incrédulo.
Se digo que ele está fora de mim, estou mentindo.
Ele torna o mundo interior e exterior
um todo indivisível:

O visível e o invisível são seus estribos.
Ele não é nem manifestado, nem oculto.
Não é nem revelado, nem não revelado.
Nada existe, em verdade, que possa exprimir
o que ele é.

Kabir

Deixo que Deus governe todas as coisas,
Ele, por quem subsistem os riachos,
As cotovias, as florestas, os campos,
A terra e o céu.

Joseph von Eichendorff

Figura de mulher dormindo:
parece que ela saboreia
algum ruído sobrevindo
que por inteiro a permeia

Do corpo sonoro, dormindo,
ela extrai o seu prazer
de ser um murmúrio ainda
sob o silêncio que a vê.

Rainer Maria Rilke

Vai dormindo teu sonho lento
Tecido do ar que respiramos
Ao longo das margens fraternas,
Por onde nós juntos erramos.

Vai dormindo teu sonho ameno
Co'o cheiro das flores que estão
Inda na sobra do caminho
Perfumadas das tuas mãos.
Vai dormindo em sonho contigo
Que és teu próprio sonho: não faças
Outra coroa para ti
Senão o aro nu de teus braços.

Henri de Régnier

> Aonde, bela, vais, na hora do silêncio,
> Qual pérola cair no âmago das águas?
>
> **Alfred de Musset**

A água vive como um grande silêncio materializado.

Foi junto à fonte de Melisanda que Peleias murmurou: "Há sempre um silêncio extraordinário [...] Daria para ouvir a água dormir".

Parece que, para compreender bem o silêncio, nossa alma precisa ver alguma coisa que se cale; para estar segura do repouso, ela precisa sentir perto de si um grande ser natural a dormir.

Gaston Bachelard

O ser que renascera em mim quando com um tal frêmito de felicidade eu ouvira o ruído comum [...] a desigualdade dos passos sobre o calçamento do pátio de Guermantes [...]

Esse ser só se alimenta da essência das coisas, nela apenas encontra sua subsistência, suas delícias [...]

Mas basta que um ruído ou um odor já ouvido ou já sentido o sejam de novo, ao mesmo tempo no presente e no passado, reais embora não atuais, ideais embora não abstratos, para que de imediato a essência permanente e habitualmente oculta das coisas seja liberada, e nosso verdadeiro eu, que, às vezes, há muito tempo, parecia morto, mas não estava morto inteiramente, desperte, se anime recebendo o celeste alimento que lhe é trazido.

Um minuto libertado da ordem do tempo recriou em nós, para senti-lo, o homem liberto da ordem do tempo. E é fácil entender por que ele se sente confiante em sua alegria, ainda que o simples gosto de uma *madeleine* não pareça conter logicamente as razões dessa alegria, entender que a palavra "morte" já não tem sentido para ele; situado fora do tempo, que poderia ele temer do futuro?

Marcel Proust

> E agora, esse Coração Divino, qual é?
> É nosso próprio coração.
>
> **Edgar Allan Poe**

> Por nosso coração, que mantemos aberto,
> passa o deus, com asas nos pés.
>
> **Rainer Maria Rilke**

> É preciso ser capaz de refletir mesmo as coisas mais puras.
>
> **André Gide**

> A forma não é diferente da vaziez.
> A vaziez não é diferente da forma.
> A forma é precisamente vaziez,
> A vaziez, precisamente forma.
>
> **Sutra do coração**
> **Zen-budismo**

> Mulheres, crianças, na rua
> Formosas nuvens pareciam:
> Juntas, em busca da alma sua,
> Da sombra p'ra o sol elas iam.
>
> **Jules Supervielle**

> Da nuvem ao homem, pelo pássaro, não é longe.
>
> **Paul Éluard**

> O céu está, telhado acima,
> Azul tão calmo!
> Uma árvore, telhado acima,
> Sua fronde embala.
>
> Um sino, neste céu em cima,
> Vai tilintando
> Uma ave, que a árvore encima,
> Chora cantando.
>
> Deus, Deus, a vida é isso aí!
> Simples, tranquila.
> Esse rumor que está aí
> Vem-me da vila.

> Tu que fizeste, tu aí?
> chorando embalde?
> Que fizeste tu, dize aí,
> Da mocidade?

Paul Verlaine

> Se tua alma for suficientemente pura e cheia de amor,
> será como Maria, engendrará o Messias.

Sufi Rumi

A alma universal entrou em contato com a alma parcial, e esta última recebeu daquela uma pérola, que pôs no seio.

Graças a esse ligeiro toque em seu seio, a alma individual engravidou, como Maria, de um Messias que extasia o coração.

Não o Messias que viaja pela terra e pelo mar, mas o Messias que está além das limitações do espaço.

Por isso, quando a alma foi fecundada pela Alma da alma, por tal alma o mundo foi fecundado.

Sufi Rumi

> Semeai o amor, colhei a paz
> Semeai a meditação, colhei a sabedoria.

Swami Sivananda

A gota d'água estava chorando, estava longe do Oceano.

E o Oceano pôs-se a rir!

– Nós somos tudo, juntos. O que há fora de nós? Somos as partes de um todo. Quando estamos separados, é por um ponto quase invisível.

Os seres estão separados da Divindade como a gota d'água está separada do Oceano, ao qual pertence, do qual sai, ao qual retorna.

Omar Khayyam

Diante de si, tinha o grande céu, nada mais do que azul, um infinito azul; que o lavava do sofrimento, ao qual ele se entregava, como num ligeiro acalanto, onde ele bebia doçura, pureza, juventude.

Só o ramo, cuja sombra havia visto, ultrapassava a janela, manchava o mar azul com um verdor vigoroso; e aí já estava uma irrupção forte demais para a sua debilidade de doente, que se ressentia da sujidade das andorinhas a voarem no horizonte.
Émile Zola

Toda alma tem um lado inferior voltado para o corpo e um lado superior voltado para a inteligência.
Plotino

Bem-aventurado quem saboreou a doçura da solidão e continuou feliz. Na felicidade da paz profunda, ele está livre do sofrimento e do mal, vive gozando a felicidade da libertação.
Buda

Na água ondulante
Do mar das delícias,
No estrondo sonoro
Das vagas perfumadas,
Na unidade móvel
Da palpitação universal
Engolfar-se – fugir
Em plena inconsciência – Suprema volúpia.
Friedrich Nietzsche

Felicidade do corpo por rutilação do calor místico
Felicidade no instante em que o sopro penetra no canal mediano,
Felicidade quando sobe e propaga-se o fluido refulgente,
Felicidade pelo encontro no centro do vermelho com o branco
Felicidade pela satisfação, pelo bem-estar e pela alegria sem fim.
Milarepa

Um sonho espantoso me envolve:
Caminho soltando pássaros,
tudo o que toco está em mim
perdi os limites.
Jean Tardieu

Ensina-nos, espírito ou pássaro,
Que doces pensamentos são os teus.
Nunca ouvi
um canto de amor ou um canto de embriaguez
que projete um fluxo palpitante de êxtase tão divino.

Percy Bysshe Shelley

Se alguma vez desfraldei céus tranquilos acima de mim, voando com minhas próprias asas em meu próprio céu:

Se nadei brincando em profundas distâncias de luz, se a sabedoria de pássaro de minha liberdade chegou:

– pois assim fala a sabedoria do pássaro: "Veja, não existe em cima, não existe embaixo! Joga-te para cá e para lá, para frente, para trás, tu que és leve! Canta! Não fales!

– todas as palavras não serão feitas para os que são pesados? Todas as palavras não mentirão para quem é leve? Canta! Não fales!".

Friedrich Nietzsche
Assim falou Zaratustra

Pensem agora: como Nosso Senhor falou da paz? Ele disse a seus discípulos: "Deixo-vos a paz, dou-vos Minha paz".

Entendia a paz no sentido que lhe damos? Do reino da Inglaterra em paz com os vizinhos, dos barões em paz com o rei, do dono de casa contando seus ganhos pacíficos, da casa limpa, com o melhor vinho para o amigo servido à mesa e a mulher cantando para os filhos?

Aqueles homens que eram Seus discípulos não conheceram semelhantes coisas: viajando para lugares distantes, sofrendo por terra e por mar, para conhecer a tortura, a prisão, o desengano, a morte pelo martírio.

Que queria Ele então dizer?

E quem fizer essa pergunta lembre-se então que Ele também dizia: "Não vos dou a paz do mundo".

Portanto, Ele deu a paz a Seus discípulos, mas não essa paz que o mundo dá.

Thomas Stearns Eliot

[...] Quando deixamos de nos comportar como senhores, para ser apenas servidores, mais humildes do que a poeira que há sob nossos pés, todos os nossos medos se desvanecerão, como quando a bruma se dissipa. Atingiremos uma paz indizível e veremos face a face o deus de verdade.

Gandhi

Nossa existência se escoa em alguns dias. Passa como o vento do deserto. Por isso, enquanto restar um sopro de vida, haverá dois dias com os quais não deverás jamais preocupar-te: o que ainda não chegou e o que já passou. Então viverás em paz.

Avicena

Quem no porvir me ler, sempre ao cair do dia,
Quem meus versos do sono ou cinzas revolver,
P'ra sentido buscar, para compreender
Como os homens de hoje a esperança investia,

Saiba com que alegria e com que ânsia acesa
Lancei-me em meio ao pranto, à revolta, a clamores,
Ao combate soberbo e valente das dores,
Para extrair o amor, como se agarra a presa.

Os meus olhos febris, os meus nervos eu amo,
O sangue que me anima, as veias de meu torso;
Amo o homem e o mundo e também amo a força
Que minha força dá e toma ao ser humano.

Pois viver é tomar e doar com prazer.
São meus pares os que se exaltam o bastante
Para que eu mesmo fique ávido e arquejante
Diante da vida intensa e seu rubro saber.

Da queda e da ascensão se confundem as horas,
Transformadas na brasa em que vira esta vida;
Importa que o desejo esteja de partida;
até a morte, até o despertar da aurora.

Aquele que descobre é um cérebro em contato
Com essa fervilhante e grande humanidade;
Espírito que imerge em plena imensidade;
Será preciso amar, p'ra descobrir de fato.

Uma grande ternura enche a sabedoria.
E esta exalta a força e a beleza dos mundos.
A adivinhar razões e motivos profundos;
Ó vós que me lereis, sempre ao cair do dia,

Compreendeis agora o meu verso feral?
É que no tempo vosso alguém muito atrevido
A infalível verdade haverá extraído,
Bloco claro, p'ra erguer o acordo universal.
Émile Verhaeren

E de dia e de noite, ao longe, do alto das torres e dos terraços elevados, a Terra e o Oceano parecem dormir nos braços um do outro e sonhar com vagas, flores, nuvens, bosques, rochedos, tudo o que lemos em seus sorrisos e que chamamos realidade.
Percy Bysshe Shelley

Notas biográficas

AGOSTINHO Santo Aurelius Agostinus, padre da Igreja latina e bispo africano (354-430).
ANSARI Sufi, um dos maiores poetas místicos sufis (Afeganistão, 1006-1089).
ANTÍSTENES, filósofo grego (Atenas, 444 a.C.-365 a.C.).
APOLLINAIRE Guillaume, poeta francês de origem italiana e polonesa (Roma, 1880-1918, Paris).
ARISTÓTELES, filósofo grego (Macedônia, 384 a.C.-322 a.C.).
ARON Raymond, filósofo e sociólogo francês (Paris, 1905-1983).
ASHVAGOSHA, erudito e poeta do centro da Índia (séc. II).
ATENÁGORAS Patriarca, patriarca ecumênico de Constantinopla, prelado ortodoxo (1886-1972).
ATTAR Farid al-Din, poeta místico persa (1150-1220).
AUROBINDO Sri, filósofo indiano (Calcutá, 1872-Pondichéry, 1950).
AVERRÓIS ibn Ruchd, filósofo e médico árabe, comentador de Aristóteles (Córdova, 1126-Marrakesh, 1198).
AVICENA – Abu Ali Husayb ibn Abdallah Ibn Sina, filósofo e médico iraniano (Bukhara, 980-1037).
AYACHE Alain, jornalista e dirigente do grupo jornalístico do mesmo nome, contemporâneo.

BACHELARD Gaston, filósofo francês (Bar-sur-Aube, 1884-Paris, 1962).

BACON Francis (barão Verulam), político, cientista e filósofo inglês (Londres, 1561-1626).

BARZUK Charif, filósofo berbere de tradição oral (1ª metade do séc. XX).

BASHÔ, grande poeta japonês (séc. VIII).

BAUDELAIRE Charles, poeta francês (Paris, 1821-1867).

BEETHOVEN Ludwig van, compositor alemão (Bonn, 1770-Viena, 1827).

BERGSON Henri, filósofo espiritualista francês (Paris, 1859--1941).

BERKELEY George, bispo anglicano, teólogo e filósofo irlandês (Disert, 1685-Oxford, 1753).

BHAGAVAD-GITA, poema sânscrito anônimo, escrito entre o séc. III a.C e o séc. III d.C. Inserido no Mahabharata.

BISTAMI Abu Yazid, um dos maiores filósofos do sufismo (viveu na Pérsia entre os sécs. VIII e IX).

BLACK ELK Wallace, xamã e líder espiritual dos Sioux de Lakota (contemporâneo, nascido em 1921).

BLAKE William, poeta, pintor e gravurista inglês (Londres, 1757-1827).

BÖHME Jakob, filósofo místico alemão (nascido perto de Görlitz, 1575-1624).

BOILEAU Nicolas, escritor francês (Paris, 1636-1711).

BOSSUET Jacques Bénigne, prelado e escritor francês. Bispo e preceptor do Delfim (Dijon, 1627-Meaux, 1704).

BREL Jacques, autor, compositor, intérprete e ator belga (Bruxelas, 1929-1978).

BRETON André, escritor francês (Orne, 1896-Paris, 1966).

BRUCE Lenny, filósofo contempôraneo.

BUDA – Sidarta Gautama, nome dado ao fundador do budismo (Nepal, aprox. 560 a.C.-480 a.C.).

CAMUS Albert, escritor francês (Mondovi [Argélia], 1913-Yonne, 1960).

CARDARELLI Vincenzo, poeta italiano (1887-1959).

CASSIN René, jurista francês, prêmio Nobel da Paz em 1968 (Bayonne, 1887-Paris, 1976).

CÉLINE Louis-Ferdinand, escritor francês (Coirbevois, 1894-Meudon, 1961).

CHAMFORT Sébastien Roch (dito Nicolas de), escritor francês (Clermont-Ferrand, 1740-Paris, 1794).

CHAN, método de concentração do espírito e de recolhimento oriundo do budismo e do taoísmo. Zen é sua tradução japonesa.

CHÉNIER André de, poeta francês (Constantinopla, 1762-Paris, 1794).

CÍCERO (Marcus Tullius Cicero), orador latino (106 a.C.-43 a.C.).

CLAUDEL Paul, escritor e diplomata francês (Aisne, 1868-Paris ,1955).

CLAUSEWITZ Carl von, general e teórico militar prussiano (Burg, 1780-Breslau, 1831).

COELHO Paulo, escritor brasileiro contemporâneo.

COHEN Morris Raphael, autor norte-americano (1880-1947).

COMMERSON Jean, autor de contos e novelas (1802-1879).

COMTE Auguste, filósofo francês (Montpellier, 1798-Paris, 1857).

CONFÚCIO, filósofo chinês (séc. VI-V a.C.).

CONRAD Joseph, romancista inglês de origem polonesa (Ucrânia, 1857-Kent, 1924).

COURNOT Antoine Augustin, matemático, economista e filósofo francês (Gray, 1801-Paris, 1877).

CRISTINA, rainha da Suécia, protetora das Artes e das letras (Estocolmo, 1626-Roma, 1689).

CYRANO DE BERGERAC Savinien de, escritor francês (Paris, 1619-1655).

D'ANNUNZIO Gabriele, escritor italiano (Pescara, 1863-Cargacco, 1938).

DALAI-LAMA, um dos maiores mestres espirituais contemporâneos, prêmio Nobel da Paz em 1989. Exilado na Índia desde a invasão do Tibete pela China em 1950.

DESHIMARU Taisen, fundador da Associação Zen Internacional baseada em Paris (1914-1982).

DESJARDINS Arnaud, produtor e realizador francês, autor de numerosas obras sobre espiritualidade. Fundador de um ashram (contemporâneo).

DEVANANDA Swami Vishnu, grande iogue e sábio da Índia. Disseminou a prática da ioga no Ocidente a partir de 1957 antes de criar uma rede internacional de centros e ashrams de ioga sivananda.

DHAMMAPADA ou *DHARMAPADA* em sânscrito, coletânea de estâncias e discursos atribuídos a Buda.

DIDEROT Denis, escritor francês (Langres, 1713-Paris, 1784).

DIÓGENES, filósofo grego (413 a.C.-327 a.C.).

DOGEN Zenji, fundador da escola zen japonesa Soto (Kyoto, 1200-1253).

DÜRCKHEIM Karlfried Graf, professor de psicologia e fundador (1948) na Alemanha de um centro de formação e encontros de psicologia essencial (Munique, 1896-1988).

EBNER-ESCHHENBACH Marie von, autor alemão (Morávia, 1830-Viena, 1916).

ECKHART Johannes (Mestre), dominicano e filósofo místico alemão (Gotha, 1260-Colônia, 1327).

ECLESIASTES, Livro do Antigo Testamento que data do séc. III a.C, atribuído a Salomão.

ECLESIÁSTICO, Livro do Antigo Testamento que data do séc. II a.C.

EICHENDORFF Joseph von (barão de), escritor alemão (Alta Silésia, 1788-Niesse, 1857).

EINSTEIN Albert, físico e matemático alemão, nacionalizado suíço e depois norte-americano (Ulm, 1879-Princeton, 1955).

ELIADE Mircea, historiador e escritor romeno (Bucareste, 1907-Chicago, 1986).

ELIOT Thomas Stearns, escritor inglês de origem norte-americana (Missouri, 1888-Londres, 1965).

ÉLUARD Paul, poeta francês (Saint-Denis, 1895-Charenton-le-Pont, 1952).

EPICTETO, filósofo estoico (Frígia, 50-Épiro, aprox. 125).

ERASMO de Rotterdam, humanista holandês (Rotterdam, 1469-Basileia, 1536).

ÉSQUILO, grande poeta trágico grego (Elêusis, 525 a.C.-Sicília, 456 a.C.).

EURÍPIDES, poeta trágico grego (Salamina, 480 a.C.-Macedônia, 406 a.C.).

FAULKNER William, romancista norte-americano (Mississippi, 1897-1962).

FIRDUSI Abu al-Qasim, moralista e poeta lírico persa (séc. X-XI).

FONTENELLE Bernard (Le Bovier de), escritor francês (Rouen, 1657-Paris, 1757).

FOUCAULD Charles-Eugène de (visconde de, depois padre de), explorador e religioso francês (Estrasburgo, 1858-Tamanasset, 1916).

FRANCE Anatole, escritor francês (Paris, 1844-Saint-Cyr-sur-Loire, 1924).

GABOURY Placide, autor e conferencista canadense de expressão francesa, conhecido por seus escritos sobre a espiritualidade (contemporâneo).

GANDHI Mohandas Karamchand (dito Mahatma), filósofo, asceta e político indiano (Porbandar, 1869-Delhi, 1948).

GASQUET Joachim, poeta francês (Aix-en-Provence, 1873-Paris, 1921).

GIBRAN Khalil, poeta e pintor libanês (Líbano, 1883-Nova York, 1931).
GIDE André, escritor francês (Paris, 1869-1951).
GOETHE Johann Wolfgang von, escritor alemão (Frankfurt-am-Main, 1749-Weimar, 1832).
GONCOURT Jules Huot de, escritor francês, criador da Academia Goncourt (Paris, 1830-1870).
GORKI Máximo, escritor russo (Nijni-Novgorod, 1868-Moscou, 1936).
GOURNO Ben, filósofo francês contemporâneo.
GRASSÉ Pierre Paul, zoologista francês (Périguex, 1895-Dordogne, 1985).
GREGÓRIO DE NISSA (são), bispo da Macedônia (Capadócia, 335-Nissa, 395).
GUITTON Jean, filósofo, escritor e acadêmico francês (Saint-Étienne, 1901-Paris, 1999).
GURDJIEFF George Ivanovitch, esoterista e escritor russo (Alexandropol, 1877-Paris, 1949).

HAN CHAN, laico budista e eremita chinês, adepto do Chan, autor de poemas (fim do séc. VII- meados do séc. IX).
HANYU, escritor e poeta chinês (768-824).
HARTMANN Frantz, ocultista alemão, grande figura da sociedade teosófica (1838-1912).
HEGEL Georg Wilhelm Friedrich, filósofo alemão (Stuttgart, 1770-Berlim, 1831).
HEIDEGGER Martin, filósofo alemão (Baden, 1889-1976).
HELVÉTIUS Claude Adrien, filósofo francês (Paris, 1715-Versalhes, 1771).
HERÁCLITO, filósofo grego (Éfeso, 540 a.C.-480 a.C.).
HESSE Hermann, romancista alemão naturalizado suíço (Wurtemberg, 1877-Tessin, 1962).
HOFMANNSTHAL Hugo von, poeta e dramaturgo austríaco (Viena, 1874-Rodau, 1929).

HÖLDERLIN Friedrich, poeta alemão (Wurtemberg, 1770-Tübingen, 1843).
HUGO Victor, escritor e político francês (Besançon, 1802-Paris, 1885).
HUXLEY Aldous Leonard, escritor inglês (1894-1963).
HUXLEY Thomas Henry, biólogo inglês (Middlesex, 1825-Londres, 1895).

ISAÍAS, grande profeta bíblico.

JASPERS Karl, filósofo alemão (Oldenburg, 1883-Basileia, 1969).
JAURÈS Jean, político francês (Castres, 1859-Paris, 1914).
JESUS ou Jesus Cristo, fundador da religião cristã.
JOÃO DA CRUZ (são), místico espanhol (Fontiveros, 1542-Ubeda, 1591).
JÓ (livro de), Livro da sabedoria da Bíblia (séc. V a.C.).
JOUBERT Joseph, moralista francês (Périgord, 1754-Villeneuve-sur-Yonne, 1824).
JUARROZ Roberto, poeta argentino (1926-1995).
JUNG Carl Gustav, psicólogo e psiquiatra suíço (Turgóvia, 1875-Küsnacht, 1961).

KABIR, místico indiano (Benares, aprox. 1435-1518).
KAHN Gustave, escritor francês (Metz, 1859-Paris, 1936).
KEATS John, poeta romântico inglês (Londres, 1795-Roma, 1821).
KELLER Gottfried, escritor suíço de expressão alemã (Zurique, 1819-1890).
KHARAQANI Abul-Hasan, grande sufi iraniano (963-1033).
KHAYYAM Omar, poeta e matemático persa (1050-1123).
KING Martin Luther, pastor negro norte-americano, líder integracionista, prêmio Nobel da Paz em 1954 (Atlanta [Georgia], 1929-Memphis, 1968).

KISEN Sekito, grande sábio da Índia (700-790).
KRISHNAMURTI Jiddu, filósofo indiano (Madras, 1895-Califórnia, 1986).

LA BRUYÈRE Jean de, escritor francês (Paris, 1645-Versalhes, 1696).
LA FONTAINE Jean de, poeta francês (Château-Thierry, 1621-Paris, 1695).
LAMARTINE Alphonse de, poeta romântico e político francês (Mâcon, 1790-Paris, 1869).
LAMENNAIS Félicité Robert de, padre e escritor francês (Saint-Malo, 1782-Paris, 1854).
LAO-TSÉ, filósofo chinês (séc. VI a.C.).
LA ROCHEFOUCAULD François (duque de), escritor francês (Paris, 1613-1680).
LAUTRÉAMONT Isidore Dicasse (dito conde de), escritor francês (Montevidéu, 1846-Paris, 1870).
LÉAUTAUD Paul, escritor, memorialista e crítico dramático francês (Paris, 1872-Robinson-sur-Seine, 1956).
LI-DAOQUIN, livro do equilíbrio e da harmonia de Li Tao--Chun.
LIE-TSÉ, coletânea de lendas e escritos filosóficos que ilustram a doutrina taoísta. Atribuído a Lie-tsé (séc. IV a.C.).
LIGNE Charles-Joseph (príncipe de), marechal austríaco de origem belga (Bruxelas, 1735-Viena, 1814).
LIU I-Ming, mestre chan taoísta.
LIVRO DOS PROVÉRBIOS, livro do Antigo Testamento que contém máximas morais. Constituído por volta de 480 a.C.
LOW Albert, mestre zen canadense (contemporâneo).
LUIS de León, místico e escritor espanhol (Cuenca, 1527-Ávila, 1591).
LUTERO Martinho, teólogo e reformador alemão (Thuringe, 1483-1546).

MA ANANDA MOYI, santa de Bangladesh chamada "Mãe venerada" (1896-1982).

MACHADO Antonio, poeta lírico espanhol (Sevilha, 1875--Collioure, 1939).

MAETERLINCK Maurice, escritor belga de expressão francesa (Gand, 1862-Nice, 1949).

MAIMÔNIDES Moisés, médico, filósofo e teólogo judeu. Discípulo de Averróis (Córdoba, 1135-Cairo, 1204).

MALLARMÉ Stéphane, poeta francês cognominado "Príncipe dos Poetas" (Paris, 1842-Seine-et-Marne, 1898).

MALLAZ Gita, conhecida pelos *Diálogos com o Anjo* (séc. XX).

MAN-AN, mestre zen soto (séc. XVII).

MANJUSHIRI, grande sábio chinês. Símbolo da perfeição da sabedoria (séc. X).

MANN Thomas, escritor alemão (Lübeck, 1875-Zurique, 1955).

MAOMÉ, profeta do islamismo (Meca, 570-Medina, 632).

MAQUIAVEL Nicolau, político e escritor italiano (Florença, 1469-1527).

MARCO AURÉLIO, imperador e escritor romano (Roma, 121-Vindobona, 180 [hoje Viena]).

MARX Karl, filósofo alemão (Trier, 1818-Londres, 1883).

MATEUS (são), apóstolo de Jesus (séc. I).

MAUGHAM William Somerset, escritor inglês (Paris, 1874-Saint--Jean-Cap-Ferrat, 1965).

ME-TI, filósofo chinês (séc. V a.C.).

MÉGLIN Albert, filósofo e empresário francês (séc. XX).

MÊNCIO, filósofo chinês (372 a.C.-289 a.C.).

MILAREPA, monge asceta semilendário tibetano. Autor de uma coletânea de cantos místicos (1040-1123).

MONTAIGNE Michel Eyquem de, escritor francês (Périgord, 1533-1592).

MONTALEMBERT Charles Forbes (conde de), político, escritor e jornalista francês (Londres, 1810-Paris, 1870).

MONTESQUIEU Charles de Secondat, escritor francês (Bordelais, 1689-Paris, 1755).
MONTESSORI Maria, médica e pedagoga italiana (Ancona, 1870-Holanda, 1952).
MONTHERLANT Henry Lillon de, escritor francês (Paris, 1896-1972).
MOZART Wolfgang Amadeus, compositor austríaco (Salzburgo, 1756-Viena, 1791).
MULLER Robert, ex-secretário geral da ONU.
MUMON Ekai, mestre chinês (1183-1260).
MUSSET Alfred de, escritor francês (Paris, 1810-1857).

NAGARJUNA, filósofo budista do sul da Índia (séc. I-II).
NEHRU, político indiano (Allahabad, 1889-Delhi, 1964).
NIETZSCHE Friedrich, filósofo alemão (Prússia, 1844-Weimar, 1900)
NISHIJIMA Gudo Roshi, mestre zen soto (séc. XX).
NOVALIS Friedrich (dito barão von Hardenberg) poeta alemão (Wiedertest, 1772-Weissenfels, 1801).
NOVO TESTAMENTO, conjunto de livros santos posteriores a Jesus Cristo.

PADRES DO DESERTO, eremitas cristãos dos desertos da Pérsia da Palestina, da Arábia e do Egito (séc. IV).
PANCHADASHI, tratado relativo à metafísica do Advaita-Vedanta que ensina a identidade do mundo sensível, da alma e de Deus.
PARMÊNIDES, filósofo grego de Eleia (séc. VI-V a.C.).
PASCAL Blaise, matemático, físico, filósofo e escritor francês (Clermont-Ferrand, 1623-Paris, 1662).
PASTEUR Louis, biólogo francês (Dôle, 1822-Marnes-la-Coquette, 1895).
PAULO (são), apóstolo de Jesus (Roma, entre 5 e 15-67).
PECK Scott, psiquiatra norte-americano "Médico da Alma" (contemporâneo).

PITÁGORAS, filósofo e matemático grego (séc. V a.C.).
PLATÃO, filósofo grego (Atenas, 428 a.C.-aprox. 348 a.C.).
PLOTINO, filósofo grego. Fundador do neoplatonismo (Egito, aprox. 205-Campânia, 270).
POE Edgar Allan, escritor norte-americano (Boston, 1809-Baltimore, 1849).
POINCARÉ Henri, matemático francês (Nancy, 1854-Paris, 1912).
PRAJNANPAD Swami, grande sábio hindu (séc. XX).
PROUST Marcel, escritor francês (Paris, 1871-1922).

RAJNEESH Osho, mestre zen contemporâneo.
RAMADAWASHIR, sábio hindu (séc. XX).
RAMAKRISHNA, místico hindu (Calcutá, 1836-1886).
RAMDAS Swami, escritor religioso, autor de estâncias morais populares (1608-1681).
REEVES Hubert, astrofísico, diretor de pesquisas no CNRS, nascido em Montreal (contemporâneo).
RÉGNIER Henri de, escritor e poeta simbolista francês (Honfleur, 1864-Paris, 1936).
RENARD Jean-Claude, poeta místico francês (contemporâneo).
REYES Alina, escritora contemporânea.
RILKE Rainer Maria, escritor austríaco (Praga, 1875-Val-Mont [Suíça], 1926).
RIMBAUD Arthur, poeta francês (Charleville, 1854-Marselha, 1891).
RIVAROL Antoine (dito conde de), escritor francês (Bagnols-sur-Cèze, 1753-Berlim, 1801).
ROLLAND Romain, escritor francês, prêmio Nobel em 1915 (Clamecy, 1866-Vézelay, 1944).
ROUSSEAU Jean-Jacques, escritor e filósofo genebrino de língua francesa (Genebra, 1712-Ermenonville, 1778).
ROUX Georges, economista e filósofo contemporâneo.

ROYER-COLLARD Pierre Paul, político, professor universitário e historiador francês (Champagne, 1763-Loir-et-Cher, 1845).
RUDHYAR Dane, filósofo, poeta, escritor, músico, pintor e astrólogo norte-americano nascido em Paris (séc. XX).
RUMI Dajalal al-Din Sufi, poeta místico persa, fundador da Ordem dos Dervixes Rodopiantes (Balkh [Pérsia], 1207-1273).

SAADI Muslah-al-Din, poeta e moralista persa (1184-1290).
SAFO, poetisa lírica grega (Lesbos, 620 a.C.-580 a.C.).
SAINT-EXUPÉRY Antoine de, aviador e escritor francês (Lyon, 1900-desaparecido em 1944 na costa da Córsega).
SAINT-JOHN PERSE (dito Alexis Saint-Léger), diplomata e poeta francês, prêmio Nobel de Literatura em 1960 (Pointe-à--Pitre, 1887-Var, 1975).
SALINAS Pedro, escritor e poeta espanhol (Madri, 1892-Boston, 1951).
SALOMÃO, rei de Israel de 970 a 931 a.C., filho de Davi e de Betsabé.
SAMAIN Albert, poeta francês (Lille, 1858-Magny-les-Hameaux, 1900).
SAND George (Aurore Dupin, dita baronesa Dupevant), escritora francesa (Paris, 1804-Nohant, 1876).
SCHLEGEL Friedrich von, escritor, crítico e orientalista alemão (Hanover, 1772-Dresden, 1829).
SCHOPENHAUER Arthur, filósofo alemão (Dantzig, 1788-Frankfurt, 1860).
SCOTT Cyril, compositor inglês (Cheshire, 1879-Londres, 1971).
SÊNECA (Lucius Annaeus Seneca), escritor latino (Córdoba, 55 a.C.-39 d.C.).
SENSEI Genpo, monge japonês e mestre zen contemporâneo.
SHELLEY Percy Bysshe, poeta romântico inglês (Sussex, 1792-Viareggio, 1822).
SI KANG, poeta chinês (séc. III).

SILÉSIO Ângelo (dito Johannes Schepfler) místico cristão (1624--1677).
SINOUÉ Gilbert, escritor francês de origem egípcia, contemporâneo.
SIUN-TSÉ, filósofo chinês. Contribuiu de modo decisivo para o confucionismo nascente (300-230 a.C.).
SIVANANDA Swami, grande iogue e sábio do sul da Índia, fundou um ashram e uma academia de ioga (nascido em 1887).
SKOVORODA Grigorij, autor ucraniano (1722-1794).
SÓCRATES, filósofo grego (Ática, 470 a.C.-Atenas, 399 a.C.).
SÓFOCLES, poeta trágico grego (Colona, 496 a.C.-Atenas, 406 a.C.).
SPENCER Hebert, filósofo inglês (Derby, 1820-Brighton, 1903).
SPIESS Henry, poeta e advogado suíço de expressão francesa (1876-1940).
STAPP H. P., físico contemporâneo.
STEINER Rudolf, filósofo e pedagogo austríaco (Croácia, 1861-Basileia, 1925).
SUPERVIELLE Jules, escritor francês (Uruguai, 1884-Paris, 1960).
SUZUKI Shunryu ou Suzuki Roshi, mestre zen, fundador do Centro Zen de San Francisco em 1961 (1905-1971).

TAGORE Rabindranath, escritor indiano (Calcutá, 1861-Bengala, 1941).
TARDIEU Jean, escritor francês nascido em 1903.
TCHUANG-TSÉ, filósofo taoísta chinês (séc. IV e III a.C.).
TEILHARD DE CHARDIN Pierre, jesuíta, filósofo, geólogo e paleontólogo francês (Puy-de-Dôme, 1881-Nova York, 1955).
TERESA (Madre), religiosa indiana de origem albano-iugoslava, prêmio Nobel da Paz em 1979 (Skopje, 1910-1998).
THOREAU Henry David, escritor norte-americano (Massachusetts, 1817-1862).

TOLSTOI Leon Nikolaievtch (conde de), escritor russo (1828--1910).
UMMON Bun'en ou Yunmen Wenyan, grande mestre chan (séc. X).
UPANISHAD, textos sagrados hindus.

VALÉRY Paul, escritor francês (Sète, 1871-Paris, 1945).

VAN GOGH Vincent Willem, pintor holandês (Groot-Zundert, 1853-Auvers-sur-Oise, 1890).
VAUVENARGUES (Luc de Clapiers, marquês de), escritor e moralista francês (Aix-en-Provence, 1715-Paris, 1747).
VERHAEREN Émile, poeta belga de expressão francesa (Antuérpia, 1855-Rouen, 1916).
VERLAINE Paul, poeta francês (Metz, 1844-Paris, 1896).
VINCI Leonardo da, pintor, arquiteto, escultor, engenheiro e cientista italiano (Florença, 1452-Amboise, 1519).
VOLTAIRE (dito François Marie Arouet) escritor francês (Paris, 1694-1778).

WENSHI, discípulo de Lao-tsé, responsável pela transmissão do *Tao Te King*.
WHITMAN Walt, poeta norte-americano (Nova York, 1819--Nova Jersey, 1892).
WILDE Oscar, escritor britânico (Dublin, 1854-Paris, 1900).
WOOLF Virginia, romancista inglesa (Londres, 1882-East Sussex, 1941).

YAMADA Roshi, mestre zen soto (séc. XX)
YEATS William Butler, poeta e escritor irlandês (Dublin, 1865-Roquebrune-Cap Martin, 1939).
YOURCENAR Marguerite, escritora de nacionalidade francesa e norte-americana e de expressão francesa (Bruxelas, 1903-Maine, 1987)

ZOLA Émile, romancista francês (Paris, 1840-1902).
ZUKAV Gary, professor de espiritualismo norte-americano (contemporâneo).

1ª edição agosto 1993 | **2ª edição** agosto 2015 | **Fonte** Horley Old Style MT
Papel Offwhite Norbrite 66g | **Impressão e acabamento** Yangraf